나까 사랑니
O L O

KB193211

나만 사랑하니

TURN ▶
04

청예

장편소설

혼자로도 괜찮다는 마음속에

낭만은 매복되어 있다.

차례

충치

교정

라미네이트

임플란트

작가의 말

충치

초즉최후(初則最後)

처음이 곧 마지막인 것들이 있다

초연시생(初戀時生)

첫사랑, 시간, 인생

단최중요(但最重要)

하지만 제일 중요한 것은

역시치아!(亦是齒牙!)

— 염라의 일기에서

○

시간이 뒤로 누워 살던 때. 행성의 표면을 긁어도
가루가 촉촉하기만 했던 시절. 습윤한 눈망울로 세상
을 바라보던 두 나한(羅漢)이 있었다.

한 나한의 탄생은 죽어가는 연꽃의 잎맥 속에서

시작됐다. 증발하기 직전 염라가 손짓하여 작은 물방울은 영생을 얻고 우주로 나아갔다. 그는 미약한 생명을 품어준 염라의 뜻에 따라 살아가기로 맹세했다. 온 행성을 누비며 동분서주했으니 은하와 은하 사이의 빛이 뒤엉키며 세계에 언약을 새기는 장관이 만들어졌다더라.

또 다른 나한이 그 순간에 탄생했다. 새 빛이 지시하고 낡은 어둠이 약속하니, 행성을 지르밟으며 우뚝이 서는 존자가 빚어졌다. 사람들은 그자를 우주의 자손이라 불렀다. 이 자손은 우주의 계율을 지키기 위해 탄생했으니 어린 숨결조차도 만물의 질서가 됐다. 모든 나한이 고개를 숙이고 그의 행차를 경하했다. 거룩한 존재가 천진히 웃으며 손을 흔들자 녹색 소맷단이 펄럭펄럭 나부꼈고, 비단 같은 머리털은 넘실거렸다. 나한들이 몹시 부러워하며 우러러보았다.

그중 시기하는 나한이 곧 연꽃의 잎맥에서 태어났던 약한 나한으로 이름이 수보리니, 그는 우주의 자손을 보며 골똘히 생각했다.

"우리는 모두 같은 나한인데 왜 저 녀석만 우월한 것이지?"

　우주의 자손이 이 마음을 엿보고 먼저 손을 내밀어 우정을 쌓자 하였다. 그러자 모든 나한이 너도나도 그 손을 잡고 자신과 먼저 우정을 쌓자 걸구했다. 하나 수보리는 손을 탁 쳐내며 거절했다.

　"그대와 나는 출생부터가 달라 고까우니 정을 쌓지 않을 것이오."

　이에 우주의 자손이 놀라며 되물었다.

　"당신이 만든 장관 속에서 내가 태어났는데 무슨 말이오?"

　그러니 다음의 말은 우주의 자손이 영구적으로 기억할 수보리의 첫 선언이었다더라.

　"내가 그대보다 잘나지기 전까지 그대와 벗이 될 일은 없소."

　다시 말하지만 두 나한의 눈망울 속에는 동등한 습기와 빛이 가득했다더라.

○

　자, 입을 크게 벌려보세요. 그리고 앙다물어보세요. 위아래 어금니를 맞대보시고 아픈 곳이 어딘지 체크해보세요. 1년 차 치위생사 시린이 한 말에는 특별할 게 없었지만 그녀는 아침 일찍 과장실로 호출됐다. 혹시 점심으로 도시락을 주문해주려나 싶어 설레는 마음으로 문을 연 시린이 본 것은 과장의 달아오른 귓불뿐이었다. 불고기와 돈가스 도시락 사이에서 김칫국을 마신 스스로가 초라하게 느껴졌다.

"시린 쌤, 주제넘은 짓 하지 말라고 했죠."

정작 상대방은 떡 대신 매 줄 생각밖에 안 하고 있었다. 과장의 분노는 가시적이었다. 애써 커피로 입을 헹구고 마른세수도 하며 감정을 추스르려 했으나 그의 성미는 귓불로 다 티가 났다.

또 뭐 때문에 난리일까. 시린은 손을 모았지만 마음만큼은 한군데로 모이질 않았다. 억울함의 뒤꽁무니를 좇아 삐죽빼죽 산발하는 감정을 내버려둔 채로 고개만 떨궜다.

"쌤이 대리 진료 보면 불법인 거 알아요, 몰라요?"

"압니다……."

"근데 왜 자꾸 선을 넘냐고요."

"대리 진료까지는 아니고요. 환자가 너무 걱정하기에……."

"말 끊지 마요. 시린 쌤이 오지랖 부린 탓에 매출 떨어지면 책임질 거야? 책임질 수 있냐고요."

당연히 질 수 없겠죠, 시발.

속으로만 외칠 뿐 입 밖으로는 연신 죄송하다는 말을 되풀이했다. 겨우 벌어진 시린의 입과 달리 자유자재로 고함을 치는 과장의 입에서 담배와 커피가 섞인, 지옥의 아침 냄새가 났다. 그가 배설하는 감정에서도 과장실을 화장실로 둔갑시키는 악취가 났다. 상사의 입안에다 칫솔을 쑤셔 박는 공상. 시린은 내키는 대로 살 수 없음이 천추의 한처럼 느껴졌다.

점잖게 나이를 먹지 못한 과장이 시린에게 이토록 화를 내는 데에는 나름의 당위가 있기는 했다.

나리종합병원은 전국 종합병동 규모 순위에서 늘 하위권에 머무는 소규모 병원이다. 주로 동네 주민들이 이용하므로 웬만하면 방문 이력이 한 번쯤은 있기 마련인데, 충치 때문에 내원한 70대 환자는 초진이었다. 알고 보니 진료비가 싸다는 말을 듣고 나리동까지 온 옆동네 주민이었다.

시린은 순서에 따라 노인을 베드로 안내했다. 모든 진료는 치위생사가 아닌, 의사인 과장이 진행하지만 그는 잠시 화장실에 가고 없었다.

노인은 베드에 눕자마자 손을 벌벌 떨었다.

"아가씨, 내가 돈이 없어서 그러는데 덤터기 씌우면 안 돼."

"저는 의사가 아니에요."

"아가씨도 간호사잖여. 의사 선생님이 보시기 전에 좀 봐줘봐. 돈 많이 들 것 같으면 나 그냥 집에 가려고."

노인이 다짜고짜 입을 쩍 벌리더니 손가락으로 어금니들을 가리켰다. 얼핏 심한 충치는 보이지 않았다. 정밀히 살펴볼 필요가 있겠지만 간단한 우식 치료면 해결될 환자였다.

이럴 때마다 시린의 기분은 유쾌하지 못했다. 이유는 두 가지였다. 첫째, 왜 의사는 의사 선생님이고 치위생사는 아가씨인가.

둘째, 어떤 환자들은 치과를 돈 잡아먹는 사채 기관 정도로 생각했다. 여기만 오면 어마어마한 청구서를 받고, 주머니가 탈탈 털리고, 초가삼간 살림이 돼 쫓겨나는 줄 알았다. 정작 치아 상태에 방치란 이자를 몇 곱절이나 덧붙인 건 본인들이면서.

"자, 입을 크게 벌려보세요. 그리고 앙다물어보세요. 위아래 어금니를 맞대보시고 아픈 곳이 어딘지 체크해보세요."

"여기, 여, 여, 오른쪽 밑에 큰 이빨이 아파."

"그러면 거기 위주로 진료받으면 되세요."

"아니, 내 말은, 돈이 얼마나 나올지를 묻는 거잖여. 아가씨."

노인이 기구를 준비하는 시린의 소맷단을 소심히 쥐었다. 시린은 앙칼지게 뿌리치고 싶었으나 물에 젖은 새처럼 떠는 노인이 안쓰러웠다. 돈 없고 힘없는 환자들을 보노라면 종종 말이 통하지 않아 답답해지기 일쑤였지만, 마음이 약해져 똑 부러지게 처신하기가 어려웠다. 이것은 그녀가 입사 이후 한 번도 '아가씨'라는 호칭을 바로잡지 못한 이유이기도 했다.

"충치 치료는 요즘 GI•라고 건강보험 적용되는 게 있어요. 스케일링도 건강보험이 적용되고요. 걱정하지 마세요."

노인에게 베푼 최소한의 선의였는데 이게 문제였

• 글래스 아이오노머(glass ionomer)의 약자. 치과에서 사용하는 충전재 중 하나로 레진(resin)과 그 용도가 유사한 직접 수복 충전재.

다. 화장실에서 돌아온 과장이 뒤에서 그녀를 쏘아봤
다. 치위생사의 말에 안도하는 환자의 얼굴과 치위생
사의 말 때문에 일그러진 과장의 얼굴이 대비를 자아
냈다.

앞서 말한 그녀의 기분이 유쾌하지 못한 이유에서
두 번째에 해당하는, 어째서 사람들은 치과를 돈 잡아
먹는 소굴로 생각하는가에 관한 것. 사실 시린도 당당
히 부정할 수 있는 처지는 아니었다.

"시린 쌤이 의사야? 앞으로 직접 치료도 하려고?"

"죄송합니다……."

"한 명이라도 더 임플란트를 해야 하는데 시린 쌤
말 듣고 뻗대기에 그냥 발치만 하기로 했어요. 그 환
자는 다음 주에 발치할 거니까 그렇게 알아요."

"예? 식립 없이 발치만요?"

"예. 문제 있어요?"

문제가 없으면 되묻겠나요, 시린은 말을 할까 말
까 잠깐 고민했다. 과장에겐 시린이 모른 척하기 힘든
인격적 흠이 있었고, 그 흠은 이런 식으로 매번 들통
이 났다. 과장도 시린이 어째서 말을 머뭇거리는지 모
르지 않았다. 뻔히 알고 있고, 악의를 들킨 와중에도

두려워하지 않았다.

"시린 쌤이 환자 대신 임플란트 값이라도 내주려고요?"

"아뇨……."

"근데 왜 토를 달죠?"

"발치까지 하는 건 좀 과한……."

"시린 쌤."

과장이 무성의하게 손목을 펄럭거리며 나가라는 신호를 보냈다.

"오지랖 부리지 말고 시키는 일이나 잘하세요."

치과 의사와 치위생사 사이의 견해 차이를 감안하더라도 그 노인에게 발치는 과했다. 시린은 이러한 부조리까지 고개를 숙인 채 넘어갈 수밖에 없었다.

악인이 운영하는 병원은 때때로 종교 시설이 된다. 순종하지 않을 시 벌을 받는다는 공포를 이용하는 의료인이라면 교주와 다를 바가 없으니. 겉으로 말짱해 보이는 치아이고, 실제로 말짱한 치아라 하더라도 의사가 '오늘내일하는 치아입니다'라고 말하면 정말로 그런 것이 됐다. 흰 가운을 입은 자들의 결정이 곧 선고요, 차트에 영구적으로 남는 기록이 되나니. 팔팔

한 청춘들은 여러 병원을 방문하며 합리적인 진료 기관을 찾겠지만 노인이 그러기는 쉽지 않았다. 한번 상한 치아는 자연 복구되지 않기에 노인이 가진 치아 결손에 대한 공포는 생각 이상으로 크기도 했다.

이 공포를 막아줄 절대적 힘을 가진 자는 오직 의사뿐이다. 그가 크라운[●]을 지시하면 치위생사들은 크라운을 준비하고, 인레이^{●●}를 지시하면 인레이를 준비한다. 환자는 행여나 대들었다가는 옆 치아까지 다 상할지도 모른다는 공포에 벌벌 떨면서, 부디 흰 가운을 입은 신의 손길이 가성비 좋은 은총을 내려주기만 바란다. 과장은 이 마음이 매출 증진에 어떤 식으로 기여할지 잘 알고 있었다.

안타깝게도 그에게는 악질적인 취미가 있었다. 고비용 진료에 순순히 응하지 않는 환자를 발치로 응징하기. 결코 두 번 자라나지 않는 것을 도려냄으로써 징벌의 쾌락을 누렸다. 돈을 아끼고 싶어 시린의 소맷단을 붙잡았던 노인은 다음 주에 꼼짝없이 발치를 당

● 크라운(crown) 치료. 치아의 전면을 삭제한 뒤 인공 보철물로 마감하는 간접 수복 방식. 신경 치료가 동반되는 심한 충치 시 주로 사용된다.

●● 인레이(inlay) 치료. 크라운과 유사하나 치아의 일부분만 삭제한다.

하고 말 거다. 충분히 살릴 수 있는 치아였음에도.

노인의 목에 걸려 있던 십자가 목걸이는 현실의 악인 앞에 무용했다. 협소한 진료실에서 어떤 의사들은 신보다 더 큰 권능을 가졌다. 그 의사는 지금 치위생사를 못마땅해하는 얼굴을 감추지도 않은 채 진료일지 같은 노트에 뭔가를 열심히 메모했다. 시린은 업무 중에 시간이나 뺏는 애물단지가 된 기분이 들어 면목이 없었다.

"됐으니까 나가보라니까요?"

"네. 주의하겠습니다……."

"아 참, 도시락 주문 좀 넣어주세요. 불고기로."

"몇 개요?"

"뭘 물어요. 한 개지."

시린이 꾸벅이고는 달아나듯 진료실을 빠져나갔다. "잘 알지도 못하면서 하여간 위생사들은." 닫힌 문 너머로 옹알이 같은 혼잣말이 기어 나왔다. 시린은 듣고도 놀라지 않았다. 월급쟁이로 살며 고막에 맷집이 생긴 덕이었다.

'저놈 머리털 뽑히는 속도로 치아도 다 뽑혔으면.'

실속 없는 모욕을 음소거로 나열하면 기분이 조금

은 나아졌다. 잃어버린 밥맛이 식도 문을 빼꼼 열 정
도로만.

　점심을 함께 먹기 위해 데스크에서 그녀를 기다리
던 선임이 식권을 챙겨 자리에서 일어났다.

　"시린 쌤, 과장이 요즘 외제차 매장에서 살다시피
해서 매출에 더 예민하니까 조심해요."

　"그 소문이 진짜인 거예요?"

　"그럼 대가 없이 장사하겠어요? 월급이 오르는 것
도 아닌데."

　"씁쓸하네요."

　과장이 매출에 혈안이 된 원인에는 그의 악질적
천성뿐 아니라 외압도 존재했다. 병원장은 코로나 기
간에 겪었던 순익 감소를 뒤늦게나마 복구하겠다는
취지로 부서마다 매출 증진을 강요했다. 그중에서도
이른바 '기여 잠재력'이 가장 뛰어난 곳을 골라서 집
중적으로 '딱따구리질'을 했는데, 그게 바로 치과였
다. 나리종합병원이 연봉제가 아닌 호봉제를 채택한
탓에(공무원도 아니면서 쓸데없이 급여 체계가 보수적인
편) 매출에 기여를 많이 한다고 해서 급여가 느는 것
은 아니었다. 그래서 병원장은 과장에게 제안했다.

"연말 결산에서 작년 대비 매출을 300퍼센트 이상 올리면 BMW7-8416 모델을 하나 뽑아주겠네. 경비 처리는 다 알아서 할 테니 걱정하지 말고."

개인 병원을 개업한 게 아닌 이상 치과 의사가 풍문만큼 돈을 많이 벌지는 않았다. 차를 선택할 때 중요한 것은 승차감이 아니라 하차감이라고 습관처럼 말했던 과장은 소나타에서 내릴 때마다 이상과 괴리의 차이에 치를 떨었다. 소나타 차주들이 들으면 단체로 해명문을 촉구할 만한 망언이겠지만 그가 가진 '치과 의사'라는 직업과 사람들이 맹목적으로 허가한 사회적 명성, 그리고 특정 직업에 주어지는 세속적 동경에 견주어본다면 못 할 말도 아니었다. 여하튼 속물스러운 이유들로 그는 병원장과 끈끈한 도원결의를 맺었다.

둘인데 어떻게 셋이 필요한 도원결의가 성립하냐면, 사실 둘의 약속은 둘만의 합의로 완성된 게 아니었다.

'이거 비리 경영 아니야? 간도 크다. 회삿돈으로 차를 사준다니 미쳤네? 그럼 나도 한 대 사주지!'

이런 생각들은 수면 위로 올라오지 못했다. 세상

에는 합의된 부도덕이 많았다. 직원들은 '그랬다더라' 다섯 글자 뒤에서 조용히 숨을 죽였다. 일단 자신에게 피해가 오는 건 아니니까. 그렇게 생각하며 소심하게 뒷담화만 나눌 뿐, 앞에서는 어떤 일에도 기꺼이 눈을 감았다. 나리종합병원은 사소한 불의를 먹이 삼아 잘만 굴러갔다. 병원장과 과장의 도원결의는 제삼자들의 방관으로 완성됐다.

시린은 일련의 역사들을 곱씹으며 씁쓸함에 혀를 찼다. 입이 바싹 마른 상태라 그 소리마저도 빈궁하기만 했다.

"씁쓸할 게 뭐 있어요? 직장에서 감정적으로 굴면 피곤해지기만 해요."

선임의 코웃음이 시린의 단상에 찬물을 끼얹었다. 서운한 말이었으나 시린이 반기를 들 말은 아니었다. 그녀들은 단 한 순간도 정치적으로 살고 싶지 않았다. 정치적으로 산다는 것은 상호(相互)를 알며 살겠다는 의미로, 서로가 서로의 문제를 목격하고 개입할 틈을 내어주는 삶을 말했다. 타인의 삶에 개입하지 않고 철저히 독립된 개인으로 잔존하려면 그 누구의 부조리함에도 목소리를 내선 안 됐다. 그것은 중립이라는 단

어로 치환되어 정치적인 것들로부터 유리될 자격을
얻었다. 대개 침묵의 형태로 발현되는데, 그런 관점에
서 방관은 중립과 협응력이 높았다.

시린은 스스로를 방관자 대신 중립자라 지칭하기
로 했다. 단어의 차이에서 오는 편안함의 단차를 곱씹
었다. 그러자 목구멍을 간질거렸던 식욕마저도 삶이
시시해져, 아주 숨어버렸다.

○

한편 우주 천상계에서 10대 제자들은 염라를 겨
우 흑성 위에 눕혔다. 그는 지옥뿐 아니라 우주 만물
을 다스리는 초월적 존재이지만 함께 일하는 제자들
에게는 골치 아픈 철부지 수장이었다.

염라를 보필하는 이들은 10대 제자와 16나한으로
분류되는데, 하위 직급인 16나한은 외근 담당이라 염
라의 명을 받아 전 우주를 떠돌았다. 10대 제자는 높
은 직위에 걸맞게 내근직이라 업무가 비교적 간편했
지만 우습게 볼 수는 없었다. 염라 곁에 찰싹 붙어 시
중을 드는 일은 모조리 10대 제자의 몫이었다.

그 말인즉슨.

"가만히 좀 있어보세요."

"이거 놔라. 아프단 말이다."

"이렇게나 철이 없어서야."

"만찬을 먹여준다고 하지 않았느냐?"

"안 따라오실까 봐 거짓말을 한 거죠. 입이나 벌려
요. 빨리."

그들은 염라의 옥체 검진까지 도맡아야 했다. 10대
제자 중에서도 서로 가까이 있기를 싫어하는 아난과
마하가섭이 각각 염라의 오른팔과 왼팔을 붙잡았다.
염라는 어떻게든 치아 검진만큼은 피하고 싶어 버둥
거렸지만 어느덧 자신만큼 장성한 제자들을 당해내
지 못했다. 셋이 한참을 실랑이하는 동안 곁에서 사리
불이 염라가 두려움을 이겨내게끔 용맹한 선조들의
이야기를 읊었다. 사리불은 경력이 가장 오래된 존자
답게 염라를 어르고 달래는 법을 잘 알았다. 반면 출
신이 미천한 우바리는 하는 수 없이 염라의 발만 붙
잡고 끙끙거렸다. 쿰쿰한 발가락이 우바리의 콧구멍
에 여러 번 꽂혔다.

염라를 뉘어놓은 흑성이 좌우로 휘청거렸다. 10대

제자 중 가장 모범적인 눈을 가진 아나율이 인상을 구기며 다가갔다.

"더 크게. 아 해요. 혀는 가만히. 아아아."

"이놈들아 썩 놓아라!"

"썩을 대로 썩었네요. 어쩐지 요즘 들어 내뱉는 운명마다 고약하더니."

수개월 전부터 염라가 지구 미물을 호명할 때마다 숨에 악취가 섞여 나왔다. 그의 입에서 향기가 나면 그 아름다움이 시공간에 깃들어 호명된 미물은 복과 덕을 얻는데, 반대의 경우 나쁜 일을 하지 않았음에도 악과 살을 얻었다. 이 영향을 가장 많이 받는 미물이 바로 인간이었다.

인간이 선한 마음을 품고 살아도 때때로 모진 풍파를 겪는 이유는, 하늘이 그를 미워하는 게 아니라 이처럼 신의 사소한 실수 때문이었다. 염라의 실수를 시정하는 것도 10대 제자의 역할인데 요즘 들어 시정해야 할 운명의 수가 많아지니 곤란했다. 삼라만상에서 곡소리가 들리고 인간들이 서글픈 삶에서 벗어나질 못하니 염라와 10대 제자 모두 근심이 깊어져 그들을 아낄 방도를 모색해야만 했다. 그리하여 특단의

조치를 내린 것이 바로 오늘의 염라 옥체 검진이었다.
구취 원인을 제거하여 고단한 운명들을 구제할 계획
이었다.

"양치 꼬박꼬박 안 했죠?"

"했다."

"거짓말하지 마요. 상악 대구치가 엉망입니다."

"했대도!"

"이러고도 거짓말할 거예요?"

아나율이 펄펄 끓는 태양의 기운을 한 줌 가져오
더니 염라의 어금니에 뿌렸다. 염라가 깜짝 놀라 두
손으로 볼을 부여잡고 흑성 위를 데굴데굴 굴렀다. 그
힘이 어찌나 센지 팔을 잡고 있던 아난과 마하가섭이
목성까지 날아갔다.

아나율이 손을 허리춤에 올리고 염라를 노려보았
다. 우주를 다스리는 신이 이토록 경거망동하는 데에
실망을 표하는 중이었다.

사실 염라에게 찔리는 구석이 있었다. 염라는 초
월적 존재이므로 배고픔을 느끼지 않았다. 이론상으
로는 그러했다. 하지만 선대 염라들과 달리 이번 염라
는 제자들 몰래 우주에 숨어 야식 먹는 일을 즐겼다.

가장 좋아하는 디저트는 백색왜성인데, 노릇노릇하게 부풀었던 적색거성이 식어버리고 핵융합 반응까지 마치면 백색왜성이 됐다. 항성의 죽기 직전 모습이기도 했다. 소싯적 건강히 타올랐던 존재의 마지막 순간이 입안에 닿노라면 슬픔 대신 때때로 감미로운 단맛이 느껴졌다. 삶에 깃들었던 찰나의 낭만들이 설탕처럼 영혼에 코팅돼 있으므로.

비록 타오르는 동안에는 힘든 일이 많았겠지만, 종국에는 끝내 기쁨만 남기고 사라질 항성들은 참으로 아름다운 디저트였다. 염라는 밤이 되면 10대 제자의 눈을 피해 백색왜성을 먹었다. 여기까지는 괜찮았는데, 문제라면 양치하지 않고 매번 침소에 드러누워 잠들어버린 점이었다. 우주의 낭만을 탐한 뒤에는 항상 염을 하듯이 양치해야만 했다. 죽음을 취하고, 그에게 깃들었던 삶과 영혼을 위로하는 일은 평화를 도모하는 가장 기본적인 방법이었다. 성불하지 못한 백색왜성의 잔해가 신의 어금니에 터를 잡고 충치로 변했다.

염라는 방심했다. 이 정도로 치아가 상할 줄은 몰랐다. 체통을 지키고자 아나율에게 저항하면서도 마음속으론 호된 말을 들을까 봐 노심초사했다. 그는 구 취로 인간들에게 힘든 운명을 준 점이 미안했다. 비록 철은 없었으나 그는 누구보다도 인간을 사랑했다.

옳은 말만 골라 하는 아나율은 염라를 봐줄 생각 이 없었다.

"뜨거운 것에 시리다면 이미 끝났네요. 발치합시다."

"뭐라? 뜨거운 것이 닿으면 누구나 아프다. 뭘 발 치까지 한다고 그러느냐."

"치경부 우식증이 심해지면 신경까지 손상되지요. 초기에는 찬 것에만 자극받습니다. 이쯤에서 치료하 면 신경도 살리고, 치경부도 조금만 갈아내면 됩니다. 하나 감염이 심화되면 뜨거운 것에도 반응하는 비가 역적 치수염으로 발전하지요. 여간 깐깐한 치료가 필 요한 게 아닙니다."

"거봐라! 네 입으로 방금 치료라고 하지 않았느 냐? 웬 발치를 논하느냐. 과잉 진료이니라."

"제 말 안 끝났사옵니다."

아나율이 앞머리를 양쪽으로 살짝 걷자 이마 가운 데 세 번째 눈이 나타났다. 그의 수식어인 '천안제일 (天眼第一)'에 해당하는 표식이었다. 천안으로 아나율은 다른 제자들이 볼 수 없는 궁극적 진실을 보았다. 이마에 돋아난 눈이 염라의 어금니를 포착하자 뿌리 끝까지 답 없이 썩어버린 치아의 형상이 아나율의 머릿속에 퍼뜩 그려졌다.

상황을 눈치챈 우바리가 발아래에서 아름다운 신율로 시를 읊었다.

"소생불가(蘇生不可) 최선치료(最善治療) 발치당첨(拔齒當籤)."

염라가 당황하여 살려달란 눈길을 보냈으나 제자들은 본 척도 하지 않았다.

"여봐라 제자들아! 지금 아나율이 헛소리를 하지 않느냐?"

같은 10대 제자이지만 아나율의 대선배인 사리불이 염라에게 공손히 아뢰었다. 그가 하는 말에는 일절 거짓이 없다고.

절대 두 번 자라지 않는 치아. 그것은 우주의 신인 염라에게도 마찬가지였다. 그는 발치를 하는 게 두려워 저항했으나 제자들이 늘 옳은 말만 한다는 걸 부정하지 못했다. 아나율 또한 발치는 웬만하면 피하고 싶었지만 어쩔 수가 없어 끝내 미안한 기색을 내비쳤다. 철딱서니 없는 염라에게 잔소리를 하면서도 모두가 그를 진심으로 아꼈다. 투덕거리는 마음들 아래에, 우주를 보존하는 가장 큰 기둥은 언제나 사랑이었으므로.

"아이고, 하는 수 없구나. 이식할 것을 찾아오면 썩은 치아를 뽑겠도다."

"알겠사옵니다."

그리하여 아나율이 16나한을 불러 모았다. 염라의 임플란트를 위해 잇몸이 저항하지 않을 보철물을 찾아야 했다. 오래전부터 신에게 이식할 육체 일부는 주로 인간에게서 조달받았는데, 모든 인간의 것이 다 적합한 건 아니었다. 그들 중에서도 최상의 질을 갖춘 것만이 염라의 옥체에 깃들 수 있었다. 이를 찾는 임무는 외근직을 수행하는 16나한의 몫이 될 예정이었다.

요즘 16나한은 10대 제자를 구닥다리라 여겨 말을 잘 듣지 않았다. 잔심부름을 명령해도 괜한 이유를 대며 밖으로 나다니기 일쑤라 아나율이 꾀를 냈다.

"10대 제자 중 한 명이 정년을 맞아 곧 퇴임하니 공석이 생길 예정이다. 너희 중 가장 빨리 최상의 치아나 뼈를 찾는 이를 10대 제자로 승진시키겠노라."

파격적 공약이었다. 귀를 후비적거리던 16나한이 일제히 눈을 동그랗게 뜨고 입맛을 다셨다.

"참입니까?"

"참이니라."

"외근 평가가 엉망이어도 내근직으로 승진시켜준 다는 거죠?"

"그러하니라. 물론 1등으로 찾아와야지 가능하겠 지만."

16나한 중 열정으로는 아쉬울 것이 없는 수보리가 제일 먼저 엉덩이를 떼어 날아올랐다. 그는 뼈의 기운을 쫓아 재빨리 비행했다. 우주의 행성 중 가장 많은 미물들이 사는 동그란 지구. 그곳을 발견한 수보리는 다트 핀이 되어 꽁지를 흔들었다. 그의 신경이 일순간 날카로이 곤두서며 행성의 기운을 꿰뚫었다. 지구의 한 지점, 의심할 필요가 없는 황소의 눈(bull's eye)이 보였다. 우수한 뼈들의 형상은 단정한 소실점이 되어 그를 끌어당겼다. 수보리가 뒤돌아보지 않고 있는 힘껏 내다 꽂혔다.

그렇게 도착한 장소가 바로…….

○

　학교 다닐 때만 해도 너희가 결혼은커녕 연애도
못 할 줄 알았는데. 그러게, 우리 아이돌 얘기밖에 안
했잖아, 너 그때 미쳐서 엄마 몰래 아이돌 콘서트 보
러 가고. 맞아, 진짜 사랑했었다. 시린과 고등학교 동
창들은 주연의 청첩장을 매만지며 과거를 회상했다.
시간은 참으로 얄궂은 녀석이었다. 병원에서는 1초가
3년처럼 흘러갔지만, 바깥에서는 이토록 빠르게만 흘
러갔다. 언제나 곁에 머물 거라 믿었던 친구들이 하나
둘씩 둥지를 찾았다는 말을 통보할 때면, 시린은 유독
본인의 시간만 뒤로 달아나는 것 같았다.
　"예랑이가 바빠서 같이 못 왔어. 대신에 오늘은 파
스타에 토핑 무제한으로 추가해. 내가 쏜다."
　"이야, 여유로운 것 좀 봐."
　"쓸 때는 써야지."
　"결혼 축하해. 정말로."
　스물일곱 살. 시린이 세 번째로 받아본 청첩장이
었다. 요즘은 다들 결혼하지 않는다는데 대체 친구들
은 어디서 짝을 만나 이렇게나 일찍 백년가약을 결심

하는지 의문이었다.

주연보다 앞선 두 청첩장은 대학 동기의 것이었다. 치위생사는 전문직이므로 졸업 후 소개팅이나 선 자리가 제법, 그것도 일찍이 들어오는 편이었다. 언젠가 시린의 고모가 말하기를, 남자 쪽에서 아내로 맞이하기에 부담스럽지 않은 직업이니 참 좋다나. 공무원, 교사, 간호사와 함께 '여자에게 베스트 직업' 시리즈로 묶이곤 했다. 그때마다 시린은 한 명의 인간으로 존재해야 하는 자아가 흐릿해지는 기분이라 은근히 불편했지만 칭찬으로 간주하여 별 저항을 하지 않았다.

그룹을 향한 칭찬은 그룹에만 해당하고 개별로는 딱히 효력이 없었다. 베스트 직업이건 아니건 자신의 삶 자체가 썩 명예롭지는 않음을 직감하는 지금 같은 순간이면 마음이 영 이상했다.

"시린이 너는 병원에 누구 없어?"

"없어."

"병원에서 일하면 의사랑 썸 타거나 하지 않아?"

"그런 거 없어."

"슬의생 보면 훈남 의사들 완전 많던데. 부럽더라."

"없다니까."

"소개팅은 많이 들어오잖아."

"내가 소개팅 받으려고 일하는 줄 알아?"

친구들은 '그래도 네가 졸업 전에는⋯⋯'이라는 포문을 멋대로 열어젖히며 시린의 과거를 줄줄 읊었다. 수요의 역사는 대학 시절까지 거슬러 올라가 한때는 제법 인기가 좋았던 스무 살까지 역행했다.

그건 그때고, 지금은 지금. 병원에서 일하면 의사랑 눈이 맞지 않느냐는 음험한 질문을 들을 때마다 시린은 너도 회사에서 담뱃내에 찌든 부장에게 성애적 호감을 느끼냐고 되묻고 싶었지만 입을 다물었다.

"결혼은 주연이가 시린이보다 일찍 하네. 세상 모를 일이다."

"대기업은 달라. 부럽다."

친구들은 시린에게로 집중된 시선을 자연스레 오늘의 주인공에게 돌려주었다. 경영학과 졸업생인 주연은 몇 달 전 대기업 기획팀에 입사했다. 6000이 찍힌 연봉 계약서에 서명을 마친 인재에다 오래 사귄 연인과 결실도 맺었다. 시린은 연애, 결혼, 연봉, 진급, 뭐 하나 딱히 불을 켜고 사는 게 없었다. '요즘에 누가 그런 걸 위해서 살아? 시대착오적이고 촌스러워, 다

옛말이지.' 그렇게 생각했지만 정작 주변인들을 보면 딱히 새 시대는 오지 않은 것 같기도 했다.

평소에는 사방이 암흑이라 본인이 꺼진 줄도 몰랐지만 환하게 타오르는 불을 목격하는 순간이 오면 어쩔 수 없는 조바심이 들었다. '혹시 나만 꺼져 있는 걸까?' 하고. 목구멍 언저리가 아릿했다.

그것은 결혼 제도에 소극적인 스스로를 향한 자조라기보다는 그에 선행하는 어떠한 결핍에 근거한 불만족이었다.

"대기업이면 뭐 해. 입사하자마자 회계팀 꼰대한테 갑질당했어."

"미친! 어떻게 됐는데?"

"인사팀에 정식으로 항의했고 징계 처리했어. 요즘 갑질 근절에 되게 예민하거든."

"신입의 고충도 확실히 처리해주는구나?"

"처음으로 애사심이란 걸 느껴봄."

"그런 건 초장에 싹을 잘라야 해."

주연의 회사는 연봉 계약서에 멋진 숫자를 적어줄 뿐 아니라 문화도 좋았다. 햇병아리들의 삐약거림에도 귀를 기울이고 울타리를 유지 보수하는 일에 최선을 다했다.

'넌 참 팔자도 좋다야. 나는 그런 일 매일 겪는데.'

가장 먼저 뇌리를 스친 것이 악의에 준하는 조소라는 점에 시린은 스스로 놀랐다. 밀가루로 만든 꽈배기는 달기라도 하지, 생각으로 만든 꽈배기는 텁텁하기만 했다. 축하 대신 빈정대기부터 하는 스스로의 모습이 술자리에서 줄기차게 씹어댔던 '꼰대'와 다름없었다. 더 희한한 것은 주연을 딱히 미워한 적이 없었다는 점이다. 시린과 주연은 고교 시절 같은 아이돌을 덕질하며 서로를 단짝으로 여겼다. 그런데도 오늘 시린은 주연이 못마땅했다. 자신은 과장과 선임에게 매일 홀대받으며 일하는 데다가 앞자리가 2를 벗어나지 못한 월급을 받고 사는데, 친구는 직장부터 결혼까지 뭐 하나 손해 보는 거 없이 착실히 이뤄간다는 게 자격지심을 묘하게 쿡쿡 쑤셨다. 시린은 먹어봤자 맛없기만 한 나쁜 마음들을 납죽납죽 받아먹었다.

가슴에 돋아난 검은 점들이 부쩍 많아진 요즘이었다.

"난 이번에 인턴 끝나면 라이브 커머스 시작할까 해. 더 늦기 전에 하고 싶은 거 하려고. 주변에서 좀 도와줬어."

"한번 보자."

"부끄러운데."

"얘 계정 좀 봐. 이미 셀럽이구만?"

서윤은 개설해놓은 판매용 인스타그램 계정을 보여주었다. 벌써 1만 팔로워를 모은 상태였다. 친구들은 안목을 칭찬, 센스를 칭찬, 용기를 칭찬, 종합적인 찬가를 불러주었다. 누구는 결혼하고 누구는 꿈을 향해 나아갔다. 성수동 작은 카페 한구석이 유토피아로 변했다. '살기 힘든 사회라더니만 또 나만 살기 힘들지.' 시린은 대화에 끼어들 기운도 없었다. 덕담이 오가며 미래를 축복하는 자리에서 눈치껏 환하게 웃으면서도 이상하게 울적해지는 속내를 감추기가 어려웠다.

'친구들이 다 잘나가는데 왜 축하할 수가 없지? 죄짓는 기분이야.'

오늘따라 커피는 맹맹하기만 했다.

○

베풀 시(施), 이웃 린(鄰).

집으로 돌아온 그녀는 지갑에 넣어둔 명함을 꺼내 한참을 바라보았다.

이혼 후 그녀를 홀로 키운 아버지는 언제나 이름 값을 하는 사람이 되라고 했다. 그녀는 가르침대로 주변인에게 되도록 친절하고 얌전한 인간으로 살았다. 분명 착하게 살아왔다 자부할 수 있음에도 돌아보면 남은 것이 별로 없었다.

형광등 가까이에 명함을 가져다 대봤자 새겨진 이름에선 빛도 나지 않았다.

수능 성적으로 갈 수 있는 학과는 많았다. 그럭저럭 적당한 성적이었으니. 아버지는 교사, 간호사, 치위생사, 아니면 9급 공무원을 권했다. 그녀가 순탄하고 안정적으로 살면 정말로 기쁠 거라며. 교대에 가기에는 부족한 성적이라 교사는 후보에서 제외했다. 대학에 가기도 전에 공무원 시험을 준비하고 싶지는 않아 9급 공무원도 제외했다. 남은 건 둘. 간호사가 돼 피와 살의 근처에 서는 일보다 치아 옆에 서는 게 덜

무서울 거라 판단했다. "여자치고는 돈 잘 번대, 취업도 잘된다더라." 늘 '여자, 결혼, 성공'이라는 단어를 입에 달고 다니며 닦달했던 고모들이 주입한 정보가 시린을 부추겼다. 정작 스스로도 이가 아프면 겁이 나 치과를 기피했지만 어른들의 입방아 속 재료가 되길 마다하지 않았기에 얼떨결에 치위생학도가 됐다. 진실로 치위생학에 열정을 가지고 온 몇몇 동기들과는 달랐다.

공부는 적성에 맞지 않았다. 전공 책은 태산만큼 두꺼웠고 이수해야 할 실습은 극기 훈련만큼 고됐다. 도무지 사랑할 구석이 티끌만큼도 없는 학과. 시험은 또 어찌나 많은지. 그나마 재미? 느낀 적이 없었다. 그런데도 시린은 진로에 대한 솔직한 판결을 끊임없이 유예했다. 졸업 직전까지도. 궤도를 틀 명분이 없다는 점은 늘 옹색한 명분이 되어 유예를 합리화했다.

"아빠."

"왜."

"요즘 장사 잘돼?"

"잘 안돼. 애들은 없지, 학부모들은 깐깐하지. 한평생 도넛만 보고 살았는데 이젠 웬수 등을 보고 사는 기분이야."

"마카롱을 만들어 팔라니깐."

"그런 건 싫어! 내가 도넛 튀기는 사람이지 마카
랑 굽는 사람이야?"

"마카랑이 아니구. 아빠."

"또 왜."

"나도 퇴사하고 장사나 해볼까?"

"헛소리 말고 밥이나 먹어."

시린의 아버지는 초등학교 앞에서 30년간 도넛 장
사를 했다. 사회가 명예를 허락한 직업은 아니었지만
그렇다고 드라마 주인공처럼 '어린 시절에는 궁핍에
허덕이며 살았어요'라고 연민으로 포장할 직업도 결
코 아니었다. 부친은 근면 성실했고 제빵 솜씨가 좋았
다. 적당히 먹고살 만큼 생계를 유지했고 그 덕에 시
린도 않는 소리 없이 가끔 알바를 하고 장학금을 받
으며 대학을 졸업했다. 성혼 부부 중에 3분의 1이 이
혼한다고 하니, 이혼 가정이란 것도 지극히 평범한 가
정사요, 살아온 역사까지도 특별한 것 없이 적당히 불
행했다. 시린은 찹쌀떡 위의 흰 가루 같은 삶을 살았
다. 의미야 있겠지만 설명을 붙여주기 애매한 삶.

늘 단내가 배어 있는 부친의 손을 보노라면 언젠가 자신도 디저트 장사를 해보고 싶다는 생각이 들곤 했다. 만약 믿기 어려운 지구 종말 수준의 사건이 일어나 직장을 그만두게 된다면 대출을 받아 장사를 해볼까, 요즘은 도넛보다 마카롱을 팔아야 장사가 될 텐데. 짧은 상상만이 그녀가 유일하게 품어본 낭만이었다.

그러나 낭만이란 녀석이 현실을 구원할 영웅으로 승격되진 못했다. 낭만이 슈퍼맨의 망토를 뒤집어쓰고 손을 내밀면 그녀는 냅다 손을 찰싹 내려치며 망토를 찢었다. 말도 안 되는 생각이지, 굶어 죽을 일 있나, 괜히 빚만 생겨. 그리 마음먹으면 오후 2시의 한낮처럼 환하게 웃던 낭만도 기가 팍 죽어서는, 새벽 2시처럼 어둠을 입에 물고 구석에 숨었다. 슈퍼맨의 비행을 막을 이유는 많았고 응원할 이유는 단 하나도 없었다. 용기를 내기에는 딱히 열정이 불타오르지 않았던 것도 이유라면 이유.

대학을 칼같이 졸업한 후 늘 치과에 소속돼 살아온 시린의 하루는 지나치게 규칙적이었다. 일어나서 일하고, 집에 와서 자고. 또 일어나서 일하고. 화장실은 변비 때문에 이틀에 한 번만 갔다. 입 동굴 속을 들락날락하는 와중에 누가 그깟 꿈 타령을 할까. 영장류는 모체의 다리 사이에서 태어나지만 사람은 시대와 사회의 가랑이 사이에서 태어나는 법이니 그녀는 가랑이같이 너른 하늘 아래에서 비린내나는 삶을 문질렀다.

"넌 어째 직장마다 1년을 못 버티고 그만둘 궁리만 하니?"

문지를 때마다 지니의 램프처럼 윤이 난다면 얼마나 좋겠냐마는 삶은 눅눅했다. 시린은 첫 직장인 강남 대형 치과에서 버티지 못하고 자진 퇴사한 전력이 있었다. 사유는 수면 부족과 스트레스로 인한 역류성 식도염. 이후 이직한 곳이 나리종합병원인데, 부친은 당시 시린의 퇴사를 몹시 한심하게 여겼다.

요즘 사람들은 원체 진득하질 못해서 다들 2년 안에 일을 그만둔대요. 주변에서 그리 말해도 소용이 없었다. 돌아오는 답은 두 가지였다. 하나는, '젊은 것들이 문제야, 편하게만 살려 해'. 또 하나는, '그래도 1년은 아니지, 1년도 못 버티는 건 본인 문제야'. 부친은 주로 후자를 택했고 그건 시린에게 더욱 가혹한 말이었다. 그는 외동딸을 위해 팔아치운 도넛의 가치를 증명받길 원했다.

　그나마 새 직장이 '종합병원'이라 부친은 안심했고, 누차 강조했다.

　"거기선 꼭 오래 다녀. 1년 이상!"

　시린은 그 말을 아침 사과를 먹듯 달게 소화해내지 못했다. 겨우 찾은 이직처였지만 도망치는 곳에 낙원은 없다더니 진실로 그러했다. 인격적으로 무시당했고, 월급은 크게 줄었다. 스트레스는 서로 간에 어찌나 끈끈한지 매번 손을 잡고 단체로 찾아왔다. 누가 내 마음 좀 알아줬으면 좋겠네, 좆같은 세상. 속으로 욕만 할 뿐 꾹 참으며 사는 탓에 좆같은 세상은 매일매일 좆같기만 했다.

　베풀 시, 이웃 린. 하필이면 오얏 리(李).

　이시린. 환자들은 그녀의 이름을 보곤 재수가 없다며 혀를 찼다. 직업과 어울리지 않으니 다른 일을 찾아보라 무해하게 웃으며 모욕하기도 했다. 이것이 그녀가 가진 이름값이었다. 살면 살수록 시린은 이가 아닌 다른 것이 시큰했다.

　마음도 양치를 해야 하나요. 어린 시절 먹었던 달콤한 도넛들을 여전히 가슴에 품고 사는 탓인지, 어느새 증식한 세균이 마음의 균열을 파고 들어가 소중한 감정을 갉아먹었다. 증세가 심해지면 일상을 모조리 점령당할지 모른다는 걸 알면서도 그녀는 바랐다. 성인이 되면 나쁜 우식마저 성장을 멈추니, 삶을 향한 한탄도 정지 우식●처럼 방치해도 괜찮기를.

가뭄에 타드는 땅처럼 말라가는 삶의 낭만을 외면한 채로.

마음을 다독이기 전까지 당분간은 친구를 만나지 말아야겠다고 시린은 다짐했다. 부친을 화나게 하는 일, 친구에게 혹시나 상처를 주는 일, 그 어떤 것도 저지르고 싶지 않았다. 다만 염원 하나를 더 보탰다. 자신의 삶에도 귀인이 나타나 행복해지게끔 좀 도와줬으면 좋겠다고.

이럴 때는 말없이 침대에 누워 눈을 감는 게 최고였다. 오늘따라 잠의 맛도 커피처럼 맹맹하기만 했다.

●   충치가 생겼지만 더 이상 진행되지 않고 멈춰 있는 상태로 치료 대신 관리만 요구되기도 한다.

○

　시린은 늘 오전 7시 30분에 1호선을 탔다. 20분 정도 소요되는 시간 동안 휴대전화로 릴스, 쇼츠, 틱톡을 봤다. 가끔 유용한 정보가 담겼거나 우스운 영상도 있었지만, 가뭄에 콩 나는 수준이었다. 매일매일 무표정으로 엄지만 까딱이며 20분씩 허비했다. 오늘따라 시린은 겨우 움직이던 엄지에 깃든 힘마저 쭉 빠져나가는 허망을 느꼈다.

　'아. 이렇게 살기 싫다.'

　큰 불행이 없어도 어두운 생각이 고개를 들이밀었다. 미쳐버릴 정도는 아닌데 매일 느껴지는 은은한 스트레스. 잎을 갉는 법을 이제 막 깨우친 애벌레가 시린의 뒷덜미를 나릿나릿 물었다. 그 벌레가 영상이라면 확 꺼버리고, 책이라면 탁 덮어버리고, 음식이라면 퉷 뱉어버리며 무시했겠지만, 보이지 않는 것일 때는 도통 저항할 방책이 없었다. 이제 인생은 먹을 곳이 더 없는 잎사귀처럼 시린에게 애물단지가 되려 했다. 변화하지 않으면 한 번은 단단히 속 썩이겠다는 듯이.

　'남들도 이렇게 사나?'

정말로 궁금했다. 본인이 겪고 있는 흐릿한 압박감이 본인만의 문제인지, 혹은 태어난 이상 모두가 짊어지는 시련인지.

그럴 때마다 휴대전화만 보고 있는 승객들을 관찰했다. 정수리가 보였다. 젊은 사람들도 가르마가 훵했고 머리칼은 갈수록 얇고 푸석푸석해졌다. 도시의 검은 파도는 발전된 시대 속에서 건강한 물줄기를 잃어갔다. 모두가 제 몫의 스트레스를 짊어지고 바싹 마르는 가뭄 속에서 로또 당첨 같은 호우만 염원했다.

시린은 한국이라는 나라의 특성을 되짚어보았다. 단일민족으로 똘똘 뭉쳐 살아가는 일이 정형화된, 덩어리의 나라였다. 시린에게는 개별적 안위를 유지하는 동시에 '덩어리'의 소속감도 느끼고 싶다는 모순된 욕망이 있었다. 그러나 지금의 시린은 그러질 못했다. 피부색과 눈동자 색이 같아도 모두가 파편화되어 함께 있어도 함께 있는 것 같지 않고, 비슷한 자리에서 출발해도 동일한 결승점에 서질 않았다. 너무나 다이내믹하여 누군가는 지루한 천국에, 또 누군가는 역동적인 지옥에 살았다. 시린은 은연중에 동일성을 갈망해왔다. 어른들의 말처럼 안정적으로 살기를. 열등

하지 않기를. 나도 이 덩어리 안에 예속되기를. 누가 세계 무대에서 1위를 하고, 칸 영화제에서 상을 받고, 올림픽 신기록을 세우고. 공동체는 나날이 세련되어지고 위상을 드높이는 일에 나태함이 없었다. 그 찬란한 발전이 가끔은 시린의 소속감을 오히려 튕겨냈다. '재능이 없다면 너는 이곳의 사람이 아니다.' 심적 여유가 없을 때 타인의 성취는 그녀 개인의 존엄에 대한 공격으로 왜곡됐다. 그래서 시린은 또 다른 사실을 찾아 헤맸다.

OECD 자살률, 사회적 고립도 최상위권 국가. 각박하고 척박해서 이렇게밖에 살 수 없으며, 와중에 뭔가를 성취하는 사람들이 별종이라 믿었다. 내가 부족한 게 아니야, 나약한 것도 아니지. 도처에 널린 어려움들을 보며 배덕하게 안도했다.

'다 똑같이 사나 보다. 휴!'

시린은 모두가 행복하고 자신만 불행한 것보다는, 차라리 모두가 불행하고 자신도 불행한 게 좋았다. 똑같은 삶을 살고 있다는 사실이 그녀에게는 큰 위안이었다. 공유되는 불행 덕에 안심이 된 시린은 다시 휴대전화를 바라보았다. 그녀를 위한 쇼츠 영상은 무한히 준비돼 있었다.

○

　병원복으로 환복한 후 데스크 오픈 준비까지 마치
자 선임은 그제야 커피 한 잔을 들고 출근했다. 정시
보다 10분 늦은 출근이었다. 시린은 선임의 그 10분
이 부러웠다. 이후 과장이 출근했다. 하루는 0시 0분
에 시작하지만, 셋의 시간은 오전 8시 10분부터 흘러
갔다.

　환자는 매일 많았다. 한 사람당 치아가 딱 한 개씩
만 있다면 좋을 텐데 굳이 32개까지* 자라는 바람에
한 번 왔던 사람이 몇 번이고 다시 오기도 했다. 시린
의 주 업무는 스케일링이었고, 환자들의 치아 상태는
대부분 좋지 않았다. 양치라도 하고 오면 좋겠지만 그
조차도 하지 않아 스케일링하는 동안 눈살이 찌푸려
지는 상황이 종종 벌어졌다.

　'더러워 죽겠네!'

---

*　영구치에 최대로 날 수 있는 사랑니 네 개를 더한 수.

　이 직업이 괴로운 이유 중 하나는, 단순한 은유가 아니라 실제로 더러운 장면을 목격하면서도 환자를 위해 생리적 불쾌감을 인내해야 한다는 점이었다. '제발 양치 좀 하고 다니세요'라는 말 대신 '아프지는 않으셨어요?'라고 걱정해야 했다. 혹자는 나이팅게일 선서처럼 졸업 직전 선언식만 거치면 일반인도 그 즉시 날개 없는 천사가 되는 줄 알았지만, 그런 마법은 없었다. 치위생사든 간호사든 그들은 모두 환자와 동일한 인간이었다. 365일 24시간 헌신적인 마음으로 사는 건 무리였다. 이 진실은 수면 위로 끄집어 올려선 안 됐다. 그랬다가는,

　민원. 민원. 더 많은 민원!

　시린은 과거 강남 치과에서 근무했을 때, 스케일링이 미숙하다는 이유로 손가락질받은 일을 절대 잊지 못했다. 60대 환자였는데 잇몸에서 피가 나는 것에 격분하여 모두가 보는 앞에서 시린에게 망신을 주었다. 잇몸 상태가 좋지 못하면 으레 있는 현상이란 걸 설명해봤자 소용없었다. 환자는 입에서 피 대신에 불을 뿜었다. 그날 시린은 눈물이 쏙 빠질 만큼 혼이 났다.

　나리종합병원에서는 더 신경을 써야만 했다. 하소

연이라도 들어줄 동료가 없었기에.

"시린 쌤, 환자 좀 봐줘요."

"아, 넵."

"베드 정리도요."

선임의 엉덩이가 천근이었다. 당최 일어나 진료실로 오지를 않았다.

시린은 아직 초년생이라 필요 자격시험에 합격하지 못해 몇몇 청구 업무가 불가했다. 반면 선임은 가능했다. 고로 선임이 데스크를 담당하는 건 당연했으나 피크 시간에는 진료실에서 협조할 필요가 있었다. 과장은 앞에서 쪼고 선임은 뒤에서 밀었다. 시린은 선임에게 너도 눈치가 있으면 제발 기구라도 치워라, 시그널을 보냈지만 먹히는 경우는 드물었다.

쪼오오옵. 빨대를 타고 올라가는 커피 소리가 얄미웠다. 선임은 시린이 아침에 봤던 틱톡 영상을 보고 있었다.

직장 생활을 하면 할수록 시린은 자꾸만 사람이 미워졌다. 선임이 밉고, 과장이 밉고, 환자가 밉고, 전부 싫었다. 모두가 집에선 따뜻한 가족 구성원일 텐데 병원에만 오면 나빠졌다. 선량한 자들도 자기 건강만큼은 끔찍이 여기기에 의료인들에게는 얼마든지 엄혹해졌다.

최선을 다해 열심히 살아봤자 남을 미워하는 사람이 된다면 차라리 죽어버리는 게 나을까. 그녀가 별다른 불행이 없어도 살고 싶지 않다 생각하는 데는 이러한 얼개가 있었다.

특히 오늘 같은 날은 더더욱.

"시린 쌤, 곧 그 사람 예약 있어요."

"신경 치료 진상이요?"

"네. 다 배우는 거다 생각해요."

"혹시 오늘은 선생님이 같이 봐주시면……."

"시린 쌤, 자기 일은 자기가 알아서 해야죠? 그럼 수고해줘요."

선임은 전화를 받는 척 화장실로 가버렸다. 자리를 피하겠다는 뉘앙스를 숨기지도 않았다. 시린은 입술을 깨물고 속으로 딱 두 글자만 떠올렸다. '젠장.'

수고해달라니, 혹시 이거 부탁이라면 거절해도 될까? 오늘도 그녀는 진상 환자를 시린에게 토스했다. 그 환자라면 진료부터 수납까지 마음에 드는 게 하나도 없다며 꼬투리를 잡아대는 사람이었는데, 응대할 때마다 시린은 과거에 삿대질을 당했던 기억이 떠올라 몹시 괴로웠다.

환자 예약 시간 15분 전. 가슴이 콩닥콩닥 뛰었다. 한바탕 심하게 싸운 친구에게서 학교 마치고 얘기 좀 하자는 쪽지를 받아 든 것만 같았다.

과장은 진료실에서 선임을 불렀다. 불러도 대답이 없자 진료실 문을 열고 구겨진 얼굴을 내밀었다.

"태희 쌤!"

"잠시 화장실 가셨어요."

"복귀하면 폐기물 비우라고 전해요. 태희 쌤 업무니까."

과장은 진료실에 비치된 폐기물 함을 가리키고는 잠시 담배를 태우기 위해 휴게실로 이동했다.

오늘따라 과장이 발치한 사랑니는 분절하지 않은 채 한 덩이로 뽑혀 유독 반듯했다. 거기엔 실수를 한 건지 네임펜으로 붉은 점 하나가 찍혀 있었다. 시린은 아무리 예뻐도 몸에서 떨어져 나가는 순간 의료폐기물로 분류되는 치아가 아까웠다. 측은한 마음도 드는 것이, 왠지 자신이 투영되는 기분이었다.

베드 정리는 시린의 업무였고, 폐기물 처리는 선

임이 담당했다. 특히 과장은 발치한 치아는 꼭 선임이 도맡아 치우라고 지시를 내린 적이 있었다. 누가 해도 상관없는 일이지만 감염 문제 때문에 그러나 보다 하고 시린은 대수롭지 않게 생각해왔다.

하지만 선임 성격에, 자리로 올 때까지 내버려둔다면 가만있지 않을 게 분명했으므로 눈치껏 폐기물을 치워주기로 했다. 미래에 들을 잔소리를 하나라도 더 없애자는 나름의 사회생활이었다.

나리종합병원은 폐기물 처리에 깐깐한 편인데, 밀폐해서 지하에 있는 의료폐기물 보관소에다 종류별로 구분해두면 전문 인력이 정해진 시간에 수거했다. 시린은 지하로 향하는 중에 곁을 스쳐 지나가는 예약 환자를 보았다. 오늘 시린을 최고로 가혹하게 괴롭힐 자였다. 시린은 그자의 옆태를 보는 순간부터 허벅지에 힘이 들어가지 않았다.

'똑바로 안 해요?'

'아가씨 몇 살이야!'

'어디서 또박또박 말대꾸를 하고 말이야.'

'이름부터가 정말.'

시린은 다가올 불행에 일찍부터 적셔졌다. 극심한

스트레스를 느끼며 일단 폐기물 보관소 앞에 섰는데, 누가 있는지 불이 켜져 있었다. 안에서는 평상시와 달리 부산스러운 소리가 들렸다.

"하나같이 저질스러운 뼈뿐이군⋯⋯."

문을 열자 괴이한 풍경이 보였다. 한 노인이 상체를 고꾸라뜨린 채 반출용 폐기물 함을 뒤적거렸다. 병원 복장이 아닌 걸로 보아 외부인이 확실했다. 폐기물을 함부로 반출했다가는 위생 문제로 병원이 징계를 받는다. 실수 혹은 장난. 뭐든 간에 그냥 넘어갈 행위는 아니었다.

"저기요, 어르신."

"어?"

"여기서 뭐 하시는?"

"아, 그, 이게, 그⋯⋯."

시린이 깜짝 놀라 뒷걸음질 쳤다. 노인의 복장이 개성의 선을 넘었다. 〈닥터 스트레인지〉 속 소서러들이나 입을 법한 옷에다 손 마디마디가 푸르스름한 빛으로 번쩍였다.

"당장 보안요원을 부르겠어요!"

수상한 사람이 분명했다. 시린이 소리를 지르고

나가려는데 노인이 팔을 휘적거리자 불꽃이 튀더니 문이 닫혔다. 시린이 몹시 당황하여 문고리를 잡고 돌렸으나 열리질 않았다.

"이보게, 내 말을 들어보게나."

"가까이 오지 마세요!"

"안 갈 테니 거기서 내 말 좀 들어보게나."

"당신 뭐예요? 경찰에 신고할 거예요."

"절대 안 돼! 인계(人界)에서 소란을 일으키면 승진이 물 건너간다네."

노인이 다짜고짜 무릎을 꿇더니 두 손을 맞대 싹싹 빌었다. 희한한 것이, 얼굴에는 주름이 가득한데 목소리와 풍채는 건강한 청년의 것이었다. 머리털까지 시린보다 곱절은 더 풍성했다. 시린은 그 불일치에 기이함을 느끼고 문에 찰싹 달라붙었다. 서울 여기저기서 OTT 촬영을 흔하게 한다지만 병원에 촬영이 공지된 적은 없었다. 눈앞의 노인은 누가 봐도 신원을 알 수 없는 존재였다.

"가져온 것이 인간의 사랑니요?"

노인은 시린이 밀봉하여 가져온 사랑니를 손끝으로 가리켰다. 푸르스름한 빛이 시린의 피부에 닿자 그

녀가 소리를 지르며 허공에 발길질했다. 운동과 담을
쌓은 그녀라 아무것도 맞히지 못했다.

"그걸 내게 주시오."

"네? 반출하면 큰일 나요."

"지구 밖으로 반출하면 들킬 일이 없잖소?"

"무슨 헛소리……."

"내게 주면 그대 소원을 하나 들어주겠소."

노인이 허공에서 손가락을 휘적거리자 빛으로 이
뤄진 불가사의한 명함이 나타났다. 감탄할 틈도 없이
'천상계 16나한 수보리'라는 이름이 금빛으로 빛났다.
시린은 이게 무슨 일인지 감이 잡히지 않아 신비함조
차 느끼지 못했다. 다만 노인이 일반인이 아니란 사실
만큼은 인지했다.

그가 손가락을 튕기자 이번에는 복식이 바뀌었다.
얼굴과 어울리는 노년층 등산복으로 풀 세팅을 마쳤
다. 30분 전에 한방 능이백숙을 든든히 먹고 왔을 법
한 배까지 볼록이 솟아났다. K-실버 세대식 복장을
보자마자 시린은 조건반사처럼 지난날의 환자들을
떠올렸다.

"그 네파 등산복 뭐예요!"

"겉이 아닌 내면을 보시오. 나는 사람이 아니오."

"확실히 보통 사람은 아닌 것 같네요."

"이제 좀 감이 오시오?"

시린은 손에 든 사랑니를 내려다보았다. 이걸 주면 소원을 들어준다니. 언젠가 책에서 읽은 적이 있었다. 살면서 인생이 바뀌는 전환점은 모두에게 딱 한 번만 주어진다고. 지금이 바로 그 순간일지도 몰랐다. 그녀는 잠시 숨을 고르고는, 이내 초연한 얼굴을 했다. 정말로 상대가 운명을 바꿔주는 자라면 영화 속 주인공처럼 겸허히 받아들여보기로 했다.

"좋아요. 그럼 제게 100억을 주세요."

노인이 황당해하며 손사래를 쳤다.

"그건 안 된다네."

"음…… 그럼 제 얼굴을 아이돌처럼 바꿔주세요."

"미안한데 그것도 안 된다네."

"뭐야. 소원 들어준다면서요?"

"나는 한낱 16나한이라네. 그대 인생과 동떨어진 묘술은 부릴 수가 없다네."

시린은 상대가 첨단 과학을 이용해 자신을 희롱하는 건 아닌지 의심스러웠다. 두리번거리는 사이에 노인이 한 발짝 다가왔다.

"대신 자네가 앞으로 겪을 곤욕 정도는 없앨 수 있네."

시린의 주머니 속에서 휴대전화가 울렸다. 선임이었다. 전화를 받자마자 근무 중에 왜 이리 자리를 오래 비우냐는 잔소리가 쏟아졌다. 본인은 마음대로 화장실을 들락거리고 한번 가면 인스타그램에 무신사 쇼핑까지 실컷 하고 오면서 사돈 남 말 하는 격이었다. 그 너머로는 예약을 하고 왔는데도 기다려야 하냐며 소리를 지르는 환자의 호통이 들렸다. 시린은 눈을 질끈 감았다.

어차피 그저 그런 소원만 들어줄 수 있다면, 지금 가장 필요한 것은 이것이었다.

"그럼 나쁜 환자로부터 저를 지켜주시고, 직장 상사들을 혼쭐내주세요."

둘은 서로의 눈동자를 깊게 바라보았다. 그 너머로 불붙기 시작하는 열망이 보였다. 어쩌면 서로가 서로에게 꼭 필요한 존재일지도 모른다는 예감과 함께.

교정

데스크로 복귀한 시린은 진료실을 살폈다. 진상 환자가 이미 베드에 누워 기다리고 있었다. 선임은 뚝심 있게 데스크를 지킨 채로 시린만 기다렸다. 기구 세팅도 하지 않고서.

"근무 중에 자리 비우지 마세요."

"죄송합니다."

"들어가봐요."

시린은 진료실 문 앞에서 연거푸 뒤를 돌아봤다. 정체불명의 노인과 구두 계약이 체결된 줄 알았는데 뒤따라오질 않았다. 시린은 혹시 몰라 주기로 약속했던 사랑니를 주머니 속에 담아 온 상태였고 괜히 손을 넣어 만지작거렸다.

"황명진 환자분 맞으시죠?"

"한참 전에 도착했는데 이제 오면 어떡해요?"

"죄송합니다. 잠깐 폐기물을 비우러 갔다 오느

라……."

"내가 이 동네에서 얼마나 오래 살았는데 이 치과
는 마음에 드는 꼴이 하나도 없어요!"

"아, 예. 좀 더 위로 올라오세요……."

환자는 밖에서 뺨이라도 맞고 왔는지 시린을 위아
래로 훑으며 쏘아붙였다. 그녀는 자신의 직업이 혹시
감정 배설물을 치워주는 감정 미화원은 아닐까 하는
자조에 빠지고 싶지 않았다. 긴장으로 어깨가 욱신욱
신 조이기에 얼른 녹색 소공포로 환자의 얼굴을 덮어
버렸다.

지난 방문 때 환자의 치아에 충전해둔 캐비톤*을
제거해야 했다. 환자가 입을 벌리자마자 시린은 얼른
기구를 들고 입안으로 출동했다. 최대한 빠르게 할 일
을 마친 다음 과장을 콜하고 진료실을 빠져나가리라.
간단한 계획이었다.

하지만 환자가 치료 부위의 통증을 강조하여 단단
히 붙여둔 게 화근이 됐다. 평상시처럼 손쉽게 제거되
지 않았다.

---

* 신경 치료 시 치아의 삭제 부분을 방치하지 않기 위해 쓰는 임시
충전재의 종류 중 하나.

"언제 끝나요!"

"말씀하시면 위험해요. 조금만 더 입을 벌리고 계셔주세요."

"왜 내가 말하면 안 되는데요!"

환자의 언성이 높아지기 시작했고, 시린은 더욱 움츠러들었다. 환자가 적대적으로 굴고 있다는 사실에 집중하자 온갖 것이 염려돼 손이 재빨리 움직이질 않았다. 캐비톤이 다 제거되어 그 안에 넣어뒀던 코튼 펠릿*을 빼내면 끝나는데, 답답함을 느낀 환자가 그 찰나를 참지 못해 소리를 질렀다.

"아, 좀!"

고성에 놀라버린 시린의 손이 미끄러졌고 익스플로러**로 잇몸을 찔렀다. 다행히 피는 나지 않았지만 차갑고 날카로운 느낌에 환자는 얼굴을 종잇장처럼 구겼다.

"이 씨발. 진짜."

환자는 초년생의 미숙함을 이해하기에는 스스로

* 치과용 볼솜. 근관 치료나 임플란트 시 치아가 삭제된 부분을 채우기 위해 사용할 때가 있다.
** 치과에서 쓰는 도구의 일종으로 탐침이라고도 한다. 끝이 뾰족하여 치석이나 이물질을 제거할 때 쓴다.

를 끔찍이 아끼는 현대인이었다. 예약 후 방문했음에도 치위생사를 기다렸다는 점 때문에 이미 고까워하는 중이었는데 엎친 데 덮친 격으로 실수까지 저지르자 더 참아줄 의향을 상실했다(이미 참지 않고 할 말을 다 하는 중이긴 했지만).

"기다리게 한 것도 부족해서 남의 몸을 함부로 대하기까지 해?"

환자가 소공포를 바닥에 던지고는 베드에서 벌떡 일어났다. 이판사판 삿대질이 시작됐다. 시린은 과거에 자신을 곤욕스럽게 만들었던 일이 또 되풀이됐다는 생각에 허리가 쪼그라들었지만 환자에게 고개를 숙이는 일 말고는 선택지가 없었다. 잇몸을 찌른 건 사실이고 오늘따라 작업이 매끄럽지 못했던 것도 사실이니까.

그래도 억울하긴 했다. 다른 사람이 진행했어도 똑같지 않았을까? 지난주에 붙인 충전재, 정말 단단하게 붙어 있어서 잘 안 떨어지는데…… 이런 말은 죽었다 깨나도 꺼내지 못했다. 어떤 상황에서도 변명은 악수가 되는 걸 알면서도 이번만큼은 그 악수라도 선택해보고 싶었지만, 그조차도 못 할 위인임은 스스로 잘 알았다.

환자의 손가락이 시린의 코앞까지 왔다가 멀어지기를 반복했다. 시린은 정신이 아찔하여 숨이 잘 쉬어지지 않았다. 이보세요 치위생사도 사람이랍니다, 할 수 없을 말이었다. 죄송한데 저 화장실 좀 다녀올게요, 이런 회피도 먹히지 않을 상대였다. 불만 제기는 지루한 전공 강의처럼 이어졌고 가정교육까지 언급됐다. 그녀는 견디기 힘들어 눈을 질끈 감았다.

"지금 내가 말하는데 아가씨는 졸아?"

얼른 눈을 떴다.

"뭘 잘했다고 눈을 부라려."

다시 눈을 감았다.

"내가 하는 말이 말 같지 않지?"

시린의 호흡이 불규칙해졌다. 아무리 들이마셔도 숨을 쉬는 것 같지 않았다. 오른쪽 승모근부터 목덜미까지 딱딱해지는 감각. 은근한 통증이 뒤통수를 타고 오르며 눈앞이 핑핑 도는 편두통이 되려 했다. 저릿함에 눈 한쪽이 파르르 떨렸다.

그때 진료실 문이 활짝 열리더니 바깥바람이 들이쳤다. 고개를 돌려 바라본 곳에 머리가 희끗희끗한 노인이 뒷짐을 지고 서 있었는데, 자연광이 존재의 외곽선을 따라 호위하듯 퍼져나갔다. 기다란 눈썹과 번뜩이는 눈, 제법 비싸 보이는 등산복의 바스락거리는 질감. 영웅은 난세가 돼야 등장하는 법이고, 눈앞의 수보리는 그 영웅이 돼주기에 충분했다.

"밖에서 다른 환자도 기다리는데 혼자서 시간 잡아먹으면 안 되지!"

다짜고짜 진료실로 들어온 수보리가 진상 환자에게 공격적으로 맞대응을 하기 시작했다. 선임은 뒤에서 깜짝 놀라 입을 막은 채로 멀뚱히 서 있기만 했다.

"뭐라고요?"

"소리치는 거 바깥까지 다 들리는데, 불만이 있으면 딴 데 가. 밖에 다른 환자들이 당신 때문에 기다리잖아!"

"이 아가씨가 엉터리로 하니까 그러죠, 이 아가씨 잘못이라고요."

"난 그런 건 모르겠고, 쌈박질을 하려거든 나가라고! 여기 전세 냈어?"

수보리가 팔을 휘적거리며 대기실을 가리켰다. 하필 대기 환자가 평상시와 달리 적었다. 진료실 문을 조금만 열어놓은 덕에 수보리의 말과 달리 썰렁한 대기실 풍경이 보이진 않아서 다행이었다.

찰나의 순간 수보리와 시린은 눈을 맞추었다. 수보리가 빛의 속도로 윙크를 보냈고, 시린은 계약이 이상 없이 시행되고 있음을 인지했다.

"어르시인, 진료실 들어오시면 안 돼요오."

"어디서 환자가 말이야. 어? 병원에 와서 직원들한테 바락바락 소리를 지르고 말이야!"

"아이고오, 어르시이인, 고정하세요오."

"당신 같은 사람을 진상이라고 하는 거야. 사람이 좁은 집에 혼자 살더라도 마음까지 좁은 티를 내면 안 되는 거야. 하여간."

시린은 괄괄히 역정 내는 수보리를 말리는 척 말리지 않았다. 두 팔로 저지하며 진료실 바깥으로 밀어내는 시늉만 할 뿐 손이 몸에 닿지도 않았다. 진상 환자는 치위생사의 편을 들어주며 날뛰는 수보리에게 폭언을 하지 못했다. 새파랗게 젊은 치위생사한테는 득달같이 따질 수 있어도 노인에게 삿대질하기에는 그의 몸에도 유교의 피가 흘렀다.

수보리의 입을 빌려 만족스러울 정도로 환자를 혼

낸 후에야 시린이 호통쳤다.

"할아버지! 그만하시고 나가세요!"

앙칼진 그녀의 연기에 수보리가 애고고 앓는 소리를 내며 후퇴했다. 진상 환자는 소란을 일으킨 게 부끄러웠는지 볼멘소리로 구시렁거릴 뿐 얌전히 베드에 다시 누웠다. 이이제이. 진상은 진상으로 대하라. 시린은 덕분에 한 번 더 실수로 환자의 잇몸을 긁으면서도 어깨를 으쓱거렸다.

과장을 콜한 뒤 대기실로 나가자 얌전히 환자인 척 기다리는 수보리가 보였다. 시린은 텀블러에 식수를 담아 오겠다는 핑계를 대고 그를 구석으로 불렀다. 수보리가 득의양양하여 허리춤에 손을 올렸다.

"어떠하오? 내 솜씨."

"대단하네요."

"자만하지는 마시오. 환자에겐 늘 최선을 다해야 하는 게 의료인의 숙명이오."

"알아요."

"선임도 혼쭐을 내줄 테니 기다려보시오."

"아니에요. 이 정도만 해주셔도 충분히 든든했어요. 약속대로 드릴게요."

수보리가 건네받은 사랑니를 쥐자 푸르스름한 빛이 나비처럼 날갯짓하더니 이내 사라졌다.

"고맙소. 그러나 만일 이 치아가 채택되지 않으면 다른 치아가 다시 필요해진다오. 우리의 계약은 내 임무가 끝날 때까지 이어가는 게 어떻겠소?"

시린에겐 거절할 이유가 없었다. 오늘처럼 곤란한 일을 당할 때마다 구해주는 사람만 있다면야 지옥 같은 직장에서 얼마든지 버틸 수 있으니. 그녀는 제안을 수락했다.

"계속 환자인 척 오실 수 있나요?"

"가능하오. 내 신력으로 치아가 상한 것처럼 둔갑할 수 있소."

"그럼 우리 이렇게 해요. 임무가 언제까지 지속될지는 모르겠지만 이왕 계약하는 거 저를 연말까지 지켜주세요."

"왜 하필 연말이오?"

"그런 게 있어요."

시린은 난제 앞에서 해답을 찾은 듯이 후련한 표정을 지었다. 그 얼굴을 본 수보리는 시린에게 말 못할 고민이 있다는 걸 단박에 눈치챘지만, 아는 척하지는 않았다. 모든 인간이 그러하듯 시름 없는 존재는 없으므로.

"좋소."

수보리가 정식으로 손을 내밀었다. 둘은 악수를 하며 의미심장한 미소를 교환했다. 신통방통한 초인을 아군으로 두게 된 시린은 흙집에 살다 돌집으로 이사를 간 아기 돼지처럼 제 안전을 확신했다. 격양되는 만족감이 피부를 타고 수보리에게까지 전해졌다.

억만금을 준 것도 아닌데, 시린의 호들갑스러운 기쁨이 우스워 수보리는 그녀를 측은히 여겼다.

"제 이름은 시린이에요, 이시린."

"그럼 우리의 계약은 이걸로 성립이라네, 시린."

수보리는 구석 깊은 곳에 숨어 천상계로 돌아갈 채비를 했다. 그가 손을 휘적거리자 복식이 처음 보았을 때와 동일하게 바뀌었다.

"내가 돌아올 때까지 훌륭한 치아를 많이 모으고 계시게."

"알겠어요."

도포 자락이 펄럭거리더니 푸른빛의 잔상만 남고 수보리는 온데간데없이 사라졌다. 치과로 돌아간 시린이 창밖으로 고개를 내밀어 하늘을 올려다보니 빛 한 점이 꼬리를 길쭉이 빼고 날아갔다. 촐싹대며 흔들리는 그 빛을 보면서 시린은 왠지 히죽임을 참을 수 없었다.

오전 업무를 마무리한 후 그녀는 평소처럼 점심을 먹었다. 선임과의 수다에 의무적으로 반응했고 흥미 없는 드라마에 관한 이야기도 잔뜩 들어줬다. 커피 한 잔을 데스크에 올려놓은 뒤 졸음을 쫓을 때쯤 업무가 재개됐다.

평상시와 다름없는 일과였으나 마음이 차양막을 거둔 한낮의 테라스 위에 있었다. 시린은 환자들의 치아를 산뜻한 마음으로 살폈다. 단단한 음식을 즐겨 먹는 노인의 치아에는 균열이 많았다. 미용에 관심이 많은 청년의 치아는 어금니 안쪽까지 새하얗게 윤이 났다. 야근이 잦은 직장인의 치아는 치석으로 얼룩졌고, 잠버릇이 고약한 꼬마의 치아는 머리가 마모돼 있었다.

'다 똑같아 보이지만 사실 똑같은 건 없구나.'

오직 번호와 명칭으로만 분류했던 입 동굴 속의 세계에서는 다양한 비밀이 움트고 있었다. 손끝이 닿는 것에 관심을 가지자, 세계는 빠른 속도로 확장됐

다. 시린은 업무가 아주 조금은 즐거워졌다. 무의미하
게 희생만 하는 직업인 줄 알았는데, 자세히 보니 생
각할 거리가 많은 환경이었다. 그건 치아뿐 아니라 인
계의 모든 것이 마찬가지였다.

그녀는 자신도 갖고 있는 매복 사랑니 하나를 혀
로 훑어보았다. 아직 치아가 나오기 전이라 잇몸 속의
단단한 고체감만 느껴졌다. 이 사랑니는 어떤 모양으
로 자라나게 될까. 언젠가 마주할 자신의 미래도 반듯
하기를 바랐다.

○

중앙 상석에 앉은 아나율 앞으로 16나한이 모두
모였다. 한쪽 무릎을 꿇은 채 경건하게 고개를 숙이
는 수보리 곁으로 똑같은 자세를 한 나한이 슬금슬금
다가왔다. 지각한 주제에 태연하게 아닌 척하는 중이
었다.

동료가 인사 대신 물었다.

"얼굴이 왜 그런가?"

"인계에서는 노인으로 위장해야 의심을 덜 받는

다네."

"청춘인 자가 연륜을 훔쳐쓰다니. 이것은 기망이 아니고 무엇인가?"

수보리가 호쾌히 웃으며 제 뺨을 쓰다듬었다. 그러자 노인의 얼굴이 한 겹 벗겨지더니 빛으로 변하여 증발했고 나한이 가진 본연의 용안이 나왔다. 동료는 부러움 반, 약오름 반으로 입맛만 쩝쩝 다셨다.

아나율은 명부를 차례대로 호명하여 16나한의 출결을 점검했다.

"최고의 보철물을 찾은 존자가 있다면 꺼내보라."

나한들이 소매 춤에서 각자 선별한 뼈나 치아를 꺼냈다. 수보리 역시 시린에게 건네받은 사랑니를 높게 치켜든 다음 공손히 고개를 조아리려다 경쟁자와 눈이 마주쳤다. 고과 점수로만 판단한다면 10대 제자로의 승진이 가장 유력한 나호라였다. 일머리가 좋고 모범적 기질을 타고나 나한이 되자마자 10대 제자의 귀여움을 듬뿍 받은 존재이기도 했다.

허리춤까지 늘어진 녹색 머리털이 특징이었는데, 지구인들은 창공에서 유영하는 나호라를 보고 아름다운 유성우라 착각하곤 했다. 동료 나한들 역시 나호라의 자태를 보고는 오늘도 감탄을 금치 못했다. 탕아 수보리에겐 몹시 아니꼬운 상대였다.

아나율이 가장 먼저 나호라가 가져온 엉치뼈 조각을 들어 올렸다. 앞머리를 가른 다음 천안으로 꼼꼼히 살피자 머릿속에 그 훌륭함이 단번에 그려졌다.

"튼튼한 뼈로구나."

"젊은 운동선수의 조각이라 염라님의 옥체에 이식하기에 딱 맞을 것이옵니다."

"아주 우수하다."

아나율이 밝게 웃으며 나호라의 어깨를 건드렸다. 선인이 가진 지혜와 덕의 일부가 나호라에게 흘러 들어갔다. 천상의 존재들은 살을 맞대는 것만으로도 서로를 축원해주는 일이 가능했다.

아나율은 엉치뼈를 나호라에게 되돌려주었다.

"그러나 부족하다."

"이것으로 안 된단 말입니까?"

"더 출중한 뼈가 필요하니라."

나호라가 아쉬워하며 고개를 떨궜다. 그 광경을 본 수보리는 자존심을 건 승진 대결이 싱겁게 끝나지는 않으리라는 생각에 야릇한 표정을 지었다.

　아나율이 그런 수보리를 눈치채고 근엄히 뒷짐을 진 채 다가갔다. 뺀질이 기질이 있어 어련히 우스꽝스러운 것을 가져왔겠거니 싶었으나 수보리가 가져온 사랑니는 제법 질이 좋았다. 천안으로 살핀 그는 의외의 선전에 놀란 기색을 내비쳤다.

　"훌륭하도다. 하나 크기가 아쉽구나."

　"신력으로 확대하면 안 되옵니까?"

　"자라난 그대로 우수해야 하느니라."

　"뭐 그리 까다롭담."

　수보리는 자기도 모르게 소심한 반항을 표현했고, 아나율이 진중한 헛기침으로 꾸중했다. 그는 수보리의 어깨는 두드리지 않았으며 이내 다른 나한에게로 가버렸다.

　금일의 회동에서 염라에게 딱 맞는 보철물은 나오지 않았다. 아나율은 그 누구도 승진이 불가하니 인계로 돌아가 탐색에 매진하라 명령했다. 나호라를 비롯한 나한들이 응답했으며, 회견장 가장자리에서 지구로의 복귀를 준비했다.

　수보리는 그 틈을 타 아나율에게 가서 따졌다.

　"왜 저는 쓰다듬어주지 않습니까? 나호라가 우주

의 귀한 자손이라 나호라만 지극정성으로 아끼는 것
이옵니까?"

　수보리와 나호라에게는 노력으로 바꾸지 못할 절
대적 차이가 존재했다. 수보리는 말단에서부터 존자
의 길을 걸어온 견습생으로, 16나한이 되기 위해 진창
에서 구르고 흙을 뒤집어쓰며 살았다. 반면 나호라는
우주의 호위를 받으며 성장했다. 우주의 태동이 깃든
존재로 빛의 직계자손이며 숨결에선 다른 존자에게
없는 고귀한 연꽃 향이 났다.

　16나한은 모두 평등했으나 수보리는 어린 시절부
터 나호라의 어깨에 내려앉은 축복을 의식하지 않을
수가 없었다. 모두가 물가의 까만 장어인데 유독 나호
라만이 황금 장어처럼 느껴져 꼬리를 물어뜯고 싶다
는 충동이 종종 들었다. 반짝이는 주제에 꼬리질까지
성실히 쳐대니 예쁘게 봐주려야 봐줄 수가 없었다.

　수보리는 자존심이 상하여 일련의 미움들을 한 번
도 나호라에게 진솔히 표현하지 못했다. 얄미운 놈은
상대하지 않는다며 최선을 다해 외면했을 뿐.

　"서운했느냐?"

　"서운한 게 아니옵니다. 이건 차별이옵니다."

아나율이 천안으로 수보리의 속을 살폈다. 어린 시절부터 그는 나호라를 맞수로 생각하여 일거수일투족을 경계했으나 성품만큼은 따라잡질 못했다. 둘의 성장을 모두 지켜본 아나율은 그들이 가진 퍽 귀여운 면을 다 알고 있었다.

"서운했다 말하면 살을 맞대 위로할 것이고 그게 아니라면 설명만으로 그치리라."

아나율의 손길을 많이 받아야만 우주의 풍성한 지혜가 깃드니 수보리는 고민했다. 솔직하게 말한다면 쓰다듬을 받겠지만 자존심이 상했다. 자신도 어엿한 16나한인데. 그렇다고 자존심을 지키자니 설명만 듣고 마는 게 아쉬웠다. 그는 나호라만 아끼고 자신은 홀대하는 아나율이 원망스러웠다.

아나율은 그의 마음을 모두 보고도 모른 척 웃기만 했다.

"됐습니다. 위로도 마시고 설명도 마세요."

"너는 이렇게나 장성하여도 마음이 젊구나."

못 이기는 척 스승은 제자의 어깨를 가볍게 건드리곤 얼른 손을 거두었다. 다행히 찰나의 순간, 우주의 온기와 축복이 수보리에게도 잔뜩 깃들었다. 마음이 젊다는 말이 철딱서니 없다는 뜻임을 알기에 수보리는 무안하여 반응하지 못했다.

"내게는 16나한이 모두 소중하도다. 다만 너에게도 그러한지 깨달아야 한다. 그것 또한 몹시 중요한 과업이니, 누가 지키고 누가 회피하는지 내가 두루 챙기리라."

"됐습니다!"

수보리는 편협한 마음을 들킨 게 부끄러워 도리어 역정을 내고는 가장자리로 달아났다. 마침 거기엔 비상을 준비 중인 경쟁자가 있었다. 나호라가 수보리를 보고서 기쁜 얼굴로 알은체를 했다.

"잘 지냈는가?"

"못 지냈소."

"어째서?"

"너 때문이오."

잔뜩 인상을 쓴 수보리가 나호라의 어깨를 밀쳤다. 제 딴에는 공격적인 행동이었으나 나호라에게는 덜 자란 형제의 앙탈처럼 여겨져 재미있기만 했다. 나호라가 팔짱을 끼고 호방하게 웃자, 녹빛 머리털이 명주실처럼 나부꼈다. 청나비의 날갯짓을 흉내 내는 빛의 가닥들은 수보리가 보기에도 참으로 아름다웠다.

수보리는 인계로 돌아가면 당장 머리부터 길러야
겠다고 다짐했다. 자신의 용모라면 긴 머리털이 나호
라보다 훨씬 잘 어울릴 테니.

"나는 자네가 참으로 얄밉다네."

"내가 무엇을 했다고?"

"늘 나를 앞질러 가는 게 싫다네."

"곁에 나란히 걷고 싶다는 말이오? 마치 청혼처럼
들리오."

"헛소리하지 마시게!"

수보리가 펄쩍펄쩍 뛰며 나호라의 말을 극구 부인
했다. 나호라는 우수한 업무력만큼이나 능글맞은 구
석이 있어 수보리를 손쉽게 요리했다. 수보리는 꼴사
나운 경쟁자가 듣기 싫은 말까지 하는 게 약이 올랐
다. 하지만 아나율이 보고 있으니 입씨름을 더 이어갈
수는 없었다.

"수보리, 어찌 그대가 한 걸음이라도 내 앞에 설
수 있겠소?"

"등만 보고 살게 해줄 테니 각오하시게."

수보리가 엄준히 경고한 뒤 먼저 비상하여 인계로

떠났다. 나호라는 그러거나 말거나 봄날의 호숫가 위를 굴러가는 꽃잎을 보듯 미소 지었다. 이를 살핀 아나율은 방심하지 말라 조언했다.

"스승님, 제가 어렸을 적 우주에서 별의 가루로 제기차기를 하며 혼자 놀 때면 수보리가 재빨리 날아와 제기를 던져버리곤 했사옵니다."

"저 녀석이 너를 일찍부터 괴롭혔음은 이미 알고 있다."

"그럼 다른 친구들이 허겁지겁 자기 제기를 저에게 바치곤 했사옵니다. 속상해 말라며 간식도 챙겨줬지요. 그들은 수보리를 잡아다가 쥐어패줬습니다."

"또한 알고 있도다."

"그러면 수보리가 어찌했는지 아시옵니까?"

"어찌하였느냐?"

"포기 않고 제 제기를 다시 잡아다가 더 멀리 던졌사옵니다."

"너희가 어릴 적에 시도 때도 없이 술래잡기를 하던 이유가 그것이었구나."

나호라는 뜻 모를 마음으로 연신 청아한 숨을 뱉었고, 그때마다 주인을 닮은 연꽃 향이 천상에 누웠다가 일어나곤 했다. 이곳에 모인 존자들의 감정은 인간의 치아처럼 어느 하나 같지 않고 제각기 달랐다.

○

수보리가 복귀함에 따라 시린과 그의 계약은 자동으로 연장됐다. 시린은 과장이 발치할 때마다 일전에 준 사랑니 이상으로 우수한 치아가 있는지 꼼꼼히 살폈다.

수보리 또한 약속대로 치과에 자주 방문하여 계약을 이행했다.

"옆에 선생이 바쁘면 당신이 안내해줘도 되잖아."

"어르신, 기다리시면 시린 쌤이 안내할 거예요."

"너는 직원 아니야? 내가 올 때마다 맨날 휴대폰만 보고 있고. 기다리는 거 빤히 안 보여?"

"저라고 노는 거 아닌데요?"

"아니라고 말할 시간에 안내를 재깍재깍 하란 말이야."

수보리는 선임이 시린에게 허드렛일을 맡기고 게으름을 피울 때마다 귀신같이 찾아와 진료를 닦달했다. 한 번은 우연 같았으나 자신만 혼내는 일이 반복되자 선임은 어째서 이 노인네가 자신이 농땡이를 부릴 때만 와서 훼방을 놓는지 신통방통해 약이 올랐다.

시린은 진료실에 숨어 고개만 내민 채로 선임이 혼나는 모습을 구경했다. 봐도 봐도 질리지 않는 것이 인기 예능보다도 더 재미있었다.

수보리의 징벌은 선임에게서 끝나지 않았다.

"어르신, 아 해보세요."

"아아아."

"치아가 많이 상했네요. 임플란트 해야 돼요."

"이놈이 나를 호구로 보는 게야? 신경 치료만 해."

과장은 자기 말에 콧방귀를 뀌는 수보리에게 당황한 기색을 감추지 못했다. 겁먹지 않는 환자는 오랜만이었다. 오기가 생긴 그는 고의로 상한 치아를 두드리며 통증을 가했다.

"여기, 여기. 다 썩어서 신경 치료로도 못 살려요."

"이놈아, 나를 죽이려는 거야?"

수보리는 아나율에게서 축복을 나눠 받은 덕에 상대의 마음을 조금 꿰뚫어 볼 수 있게 됐는데, 과장은 이미 영혼이 부패한 인간이었다. 진실로 혼쭐을 내줄 상대를 알아본 수보리가 소공포를 걷어내고 벌떡 일어났다.

"자연 치아 보존을 우선으로 해야지. 무턱대고 임플란트 강요하면 과잉 진료인 거 몰라? 더군다나 대구치를."

대드는 것도 모자라 훈계까지 하는 노인을 보자 과장의 동공이 우산을 켜듯 일순간에 펼쳐졌다. 사냥을 대비하는 산짐승의 것 같았다. 분노가 귓불만 달아오르게 하는 정도라면, 이 침착함은 그 이상이었다.

"의사는 저예요."

"그럼 나는 뭐 바보야?"

"어쭙잖게 주워들은 용어로 아는 척하지 마세요."

"요, 요, 요, 말본새 봐라."

수보리도 상대가 만만찮음을 알아차렸지만 두렵지는 않았다. 그래봤자 인간일 뿐이니 천상계 존재에게 해를 가할 수 없었다.

"아주 제 잘난 맛에 진료하지? 환자를 바보 취급하면서 말이야. 너만 똑똑하냐? 나도 똑똑하다 인마."

못난 자들은 자기만큼 못난 자도 견딜 수 없기 마련이라 과장은 오만한 자를 보면 혐오감을 이기지 못해 구역질했고, 지금은 위기 상황이었다. 그가 입을 틀어막고 도리질을 치자 시린이 얼른 수보리를 데리고 나갔다. 과장은 시린에게 반드시 저 환자의 다음 예약을 잡아놓으라고 지시한 뒤 헛구역질을 하며 화장실로 달려갔다. 그는 분풀이를 하기 위해 멀쩡한 인간의 치아를 당장 뽑아야겠다는 충동을 느꼈다. 만약 저 노인이 다시 내원한다면 생니를 뽑아 보복하리. 발치 동의서는 치과의 의무가 아니며, 노인에게 발치를 사전에 다 설명했다고 우겨버리면 그만이었다. 과장은 무겁한 자여서 자신의 양심에 한 점의 두려움이 없었다.

시린은 화장실로 뛰어간 과장이 전날 과음하여 속이 좋지 않다고만 생각했다. 수보리를 돌려보내는 척 로비까지 안내하며 속삭였다.

"어르신, 나이스."

통쾌해하는 그녀를 보자 수보리도 웃음이 나 손으로 입을 가리고 몰래 입꼬리를 당겨 올렸다.

"내일도 올 테니 걱정하지 마시오. 뼈는 잘 찾고 있소?"

"오후에 교정 환자가 줄줄이 있어서 발치 많이 하

거든요. 열심히 찾을게요."

"개인 병원도 아닌데 교정 환자가 많소?"

"임플란트만큼이나 돈이 되는 게 교정이에요. 과장이 요새 미쳐 있어요."

"예의 주시해야겠구먼."

수보리는 뒷짐을 지고선 병원 밖으로 나갔다. 바깥을 돌아다니면서도 뼈를 찾을 예정이었다. 시린은 그에게 손을 흔들어 배웅하고는 서둘러 데스크로 돌아갔다.

○

과장은 매출 증진을 위해 예전 같으면 다른 병원으로 인계했을 교정 환자들을 받기 시작했다. 교정은 여러 진료 과목 중에서도 치료와 심미의 영역에 모두 발을 담그는데, 충치나 사랑니 발치보다 수익성이 훨씬 더 좋았다.

문제가 있다면, 입을 다물면 결과가 감춰지는 여타 진료들과 달리 교정은 입을 다물어도 티가 났다. 얼굴의 생김새를 변화시키는 작업이기에 의사의 미적 감각에 따라 교정 후의 환자는 천국으로 승천하기도, 지옥으로 좌천되기도 했다. 또한 미적 요소만 살핀다고 능사는 아니었다. 교합을 정상적으로 맞춰가면서 입매를 살펴야 하므로 상당히 전문적인 실력이 요구됐다. 교정과 전문의를 보유한 치과가 이를 소구점으로 파악하여 앞세워 홍보하는 이유 또한 전문성을 강조하기 위함이었다.

그렇다면 과장은? 미적 감각은 고사하고 교정 실력도 젬병이었다.

"우리 딸내미가 여기서 교정했는데 점점 틀어지더니 이제 국수 면도 못 씹어요. 잇몸도 내려앉아서 맨날 시리대요. 어쩔 거예요?"

"진료 보실 때 선생님께 말씀하시면 돼요."

"당신은 알바생이에요? 애 이빨을 보라고요!"

"큰소리치지 마세요."

"뭐요? 보자 보자 하니까 싸가지가 없어."

"말 다 하셨어요?"

분노한 환자들의 욕받이가 되는 건 시린과 선임의 몫이었는데, 의외로 선임이 싸움에 적극적으로 응했다. 진상 환자라면 모두 시린에게 토스하던 과거와 달리 앞장서 험한 말로 사람들과 싸웠다.

시린은 수보리에게 꾸중을 들은 선임이 반성했나 싶어 감격할 뻔했지만, 수일간 두고 본 결과 반성이 아니란 걸 깨달았다.

구내식당에서 선임은 제육볶음을 뒤적거리며, 잘 익은 고기처럼 붉게 물든 고양감을 감추지 못했다.

"아까 그 아저씨 말예요. 딸은 무슨, 자기가 교정해야겠던걸."

"화내던 사람이요?"

"응. 나한테 싸가지 없다고 득달같이 달려들던데 꼴값이었어요."

"심하긴 했어요."

"진짜 웃겨. 추하게 늙어서는."

선임은 환자와의 다툼에서 어떠한 재미를 찾은 듯했다. 얼굴이 빨개질 정도로 싸운 후에는 가슴이 콩닥거린다며 서둘러 청심환을 찾아 먹다가도, 지난 싸움을 복기할 땐 낯빛에 화색이 돌았다.

그녀는 시간이 나면 연예인 가십, 유튜버 논란, 셀럽 싸움 등을 찾아보았고 시린에게 꼬박꼬박 공유했다. 사회적으로 크게 쟁점이 될 만한 사건이라면 시린이 관심을 가지기도 했지만, 열에 일곱 정도는 그다지 중요하지 않았다. 불난 집이 보일 때 어쩌면 좋냐며 한마디 없고 구경하는 일이야 원초적 호기심과 닿아 있겠으나 방방곡곡 불난 집만 골라 다니는 건 다른 차원의 이야기였다.

선임은 요즘 들어 불 가까이에서만 살았다. 삶이 너무 차가웠던 까닭일까.

"이해할 수 없다니까요. 안 그래요?"

시린은 고무줄 같은 고기를 질겅질겅 씹으며 고개만 끄덕였고, 눈으로는 다른 것을 좇았다.

나리종합병원 치과 절대로 가지 마세요! 거기 치위생사들 전부 싸가지 없고 의사는 과잉 진료 심해요. 멀쩡한 엄마 치아 두 개나 뽑았어요.

RE) 그 치과 콩가루예요. 서로 일 미루기 바쁘고 의사는 교정하라고 강요해요. 제 치열이 그렇게 삐뚤빼뚤한가요? 사진 첨부합니다.

RE) 괜찮은데요?

RE) 교정이 무슨 만능 열쇠인 줄 아나? 이거 100퍼센트 옥니* 돼요.

수많은 사람의 토로가 쌓였다. 스크롤을 아무리 내려도 끝이 없었다. 온라인 지역 커뮤니티에서 농성처럼 이어지는 폭로들은 슬슬 수면 위로 올라가고자 자세를 잡았다. 과장도 여론이 나빠지는 걸 알고 있는지 최근 들어 보여주기식 봉사를 다녔다. 개인 블로그에 봉사 후기를 장광설로 늘어놓으며 과시하기 바빴는데, 후기 사진 속 그는 하얀 셔츠를 입었고 광택이 나는 구두까지 신었다. 행위의 진정성이 의심되는 차림새였다.

시린은 과장이 저지르는 잘못들에 위기의식을 느꼈지만 심드렁하게 반응했다. 그가 병원장과 결탁하여 뒤가 구린 제안을 받았을 때도 흐린 눈으로 넘어갔듯이.

삶을 담백하게 살고 싶은 그녀는 세상에 목소리를 더하는 일을 과시로 정의했다. 매사에 열을 내는 태희를 내심 한심하게 여기는 이유 또한 그 모습에서 어떠한 결핍이 보인다고 통찰했기 때문이다. 시린은 과시로 결핍을 들키는 일만큼 우스운 것이 없다 믿어

● 각도가 안쪽으로 기울어진 이. 발치 교정의 부작용 중 하나로 거론되며 부정교합의 한 종류다. 태생적으로 발생하기도 한다.

의심치 않았다.

그녀는 늘 입고 있는 유니폼 뒤에 있길 소망했고, 명함 뒤에 있길 소망했고, 병원 뒤에 있길 소망했다. 타인도 그렇게 살아줄 때 마음이 편했다. 물론 유니폼과 명함과 병원에겐 목소리가 없으니, 존재를 들키지 않고 살려면 그녀 또한 음소거로 살아야만 했고 그녀는 그 규칙을 잘 따르며 살았다.

○

금일 예약에는 신경을 써야 하는 환자가 있었다. 바로 시린의 아버지였다. 왼쪽 아랫니가 욱신거려 아프다던 그는 언젠가 시린이 연차를 썼을 때 몰래 병원을 찾아왔었다. 딸이 어떤 직장에서 누구와 함께 일하는지 몹시 궁금했던 그는 마침 치아가 아파주어 다행이라 여겼다. 호기심이 행여나 딸을 불편하게 만들까 싶어 굳이 시린의 연차 날을 골라 병원에 갔다.

차트를 보다 뒤늦게 사실을 알게 된 시린이, 불편할 이유가 전혀 없으니 이번 진료 때는 자신이 있는 시간에 방문하라고 독려했다. 아버지가 신경 치료를

받을 때 자신이 들어간다면 선임이 어시*하는 것보다
야 꼼꼼히 진행할 수 있을 테니.

살가운 관계는 아니었지만 부친은 시린에게 하나
뿐인 가족이었다. 표현이 반 토막 난 관계일지라도 시
린은 가족을 향한 애정까지 부정하지는 않았기에 이
왕이면 좋은 것을 해주고 싶었다. 남들이 다 하고 사
는 '효도'라는 걸 해보고 싶다는 욕구가 그녀에게도
있었다.

"긴급 통합 회의가 떴는데 대신 좀 다녀와요."

그 욕구를 알 리 없는 선임이 인트라넷 게시글에
등록된 공문을 보여주었다. 상세한 설명이 누락된 그
문서에는 모든 진료과에서 한 명씩 필참하라는 지시
가 있었다.

"저는 오늘 아버지가 내원하시기로 해서……."

"아버지요? 나한테 미리 말했어요?"

"아뇨. 제가 어차피 진료실 들어가니까 따로 말씀
은 안 드렸는데요."

"본인 마음대로 가족을 데려오면 어떡해요?"

---

* 어시스트의 준말. 의사나 선임 위생사의 진료를 보조하는 것.

선임은 시린의 말을 듣자마자 가자미눈으로 따졌다. 시린이 가족을 직장에 마음대로 부른 일이 못마땅해서가 아니라, 자신에게 미리 말하지 않았다는 점을 몹시 불쾌히 여겼다. 하늘 같은 선배인데, 후배가 자의적으로 판단하면 건방지다는 이유였다.

시린의 입장에선 억울했다. 예전에 선임의 모친도 스케일링을 받기 위해 병원을 방문한 적이 있었지만, 시린에게 미리 일러두지는 않았다. 왜 당신은 되면서 나는 안 되는가? 마음 같아서는 '내로남불'이라 외치고 싶었지만, 더 말해봤자 선임 속만 긁을 게 뻔했다. 시린은 스스로의 생각이 짧아 실수했다고 억지로 수긍했다.

결국 눈총에 등 떠밀려 선임 대신 회의에 참석해야만 했다. 서둘러 끝나길 바랐던 회의는 뭐 그리 할 말이 많은지 한 시간을 훌쩍 넘겼고, 부친의 예약 시간도 지나버렸다.

— 지금 치과 왔는데 너 없네?

부친이 그녀를 찾는 메시지를 보냈으나 시린은 서러운 마음을 꾹 참고 회의 중이라는 답만 남겼다. 가족이 왔는데 진료를 보러 가지도 못한다니. 열심히 일을 해왔는데도 하필 이럴 때 두 손 두 발 다 묶인 것이 원통하고, 거기에 반항도 못 하는 저 자신이 미련하여 눈물이 핑 돌았다. 하지만 모두가 보는 앞에서 일과가 뜻대로 안 풀린다는 이유로 울어버릴 수는 없었다. 직장에서의 눈물은 부끄러운 일을 초월하여 민폐로 간주돼버리니.

'긴급' 딱지를 붙이고 진행한 회의는 고작 매출 압박이었다. 금일이 분기 결산일이라 매출이 집계됐는데 목표에 터무니없이 미달. 시린은 이딴 이야기나 듣자고 부친의 진료 타임까지 놓친 게 분했다.

회의가 끝난 후 다급히 치과로 내려갔으나 부친은 이미 귀가한 뒤였다. 남겨진 건 선임이 들려주는 충격적인 소식뿐이었다.

"이규태 씨가 아버지세요?"

"맞아요. 치료 잘 받았나요?"

"발치했던데요?"

"예? 신경 치료 아니고요?"

"과장이 지난주에 발치한다고 얘기했다던데요?"

시린은 혈관 속의 피가 싹 뽑히는 한기를 느꼈다. 뒤늦게 떠올렸다. 자신 몰래 치과를 다녀갔던 부친이 임플란트는 원래 그렇게 비싸냐고 물었던 것을. 도넛을 팔아 번 돈으로 딸 대학 등록금을 낼 수는 있어도 본인 몸에 쓸 생각은 하지 않는 부친이라면 과장의 고비용 진료 제안을 한사코 거절했을 게 분명했다. 그리고 과장은 이를 못마땅하게 여겼으리라.

그녀는 본인이 묵과하던 것이 부메랑이 돼 돌아왔음을 인지했다.

○

귀가하자마자 분기탱천한 시린이 부친에게 역정을 냈다. 부친은 이가 이미 많이 상했으니 어쩔 수가 없었다는 답으로 오히려 과장의 행위를 두둔했다.

"뭘 어쩔 수가 없어! 생니를 왜 뽑아? 살릴 수 있는데!"

"왜 화를 내. 네가 의사야?"

"말을 했어야지. 과잉 진료라고."

"의사가 그러라 하면 그런가 보다 하는 거지. 늙어서 자기 이빨 다 살아 있는 사람이 어디 있어? 아픈 이 뽑으니까 오히려 편하고 좋다."

시린은 피해를 입고도 의사를 감싸는 우매한 남자로 인해 속에서 천불이 났다. 어찌나 뜨겁던지 혈관이 갈기갈기 찢기고 녹는 듯했다. 어떻게 이리도 답답한 일을 바보처럼 당했단 말인가.

시린은 언제나 자신의 성격이 잔잔해서 좋다고 생각했다. 하지만 그건 부조리한 일을 직접 겪기 전까지만 해당되는 장점이었다.

"내가 딸이라는 얘기 안 했어?"

"안 했어."

"왜 안 했어?"

"그런 말을 왜 해. 눈치 보이게."

"내가 내일 과장한테 따질게. 이거 명백한 과잉 진료고 과장 잘못이야."

"관둬."

"나 이딴 회사 때려치울래!"

참다못한 돌발 발언이었다. 시린은 절로 주먹이 꽉 쥐어지는 부아를 느꼈다. 한편 부친은 분함을 감추지 못하는 딸을 보고도 별달리 해줄 말이 없었다.

괜히 딸애가 일하는 병원에 가서 불편한 일을 만들었으니 다시는 가지 말아야겠다고 다짐했고, 그 다

짐은 시린에게 들리지 않았다. 그녀가 들은 말은 부친의 속에 깃든 진심보다 조금 더 차가운 말이었다.

"나중에 돈 생기면 임플란트야 심으면 되는 거고. 종합병원에서 일할 기회는 두 번 오지 않아."

"그딴 게 뭐가 중요해."

"됐으니까 참아. 뭘 혼자서 난리야."

"참으라고?"

"그래. 참아. 이빨 뽑힌 건 난데 왜 네가 날뛰어?"

쾅. 시린이 방문을 부술 기세로 집어 던지듯 닫았다. 그녀는 무엇 때문에 머리털이 비쭉 설 정도로 화가 났는지 스스로도 파악이 잘되지 않았다. 부친이 진료를 볼 때 어시로 들어갔으면 이런 일은 없었을 텐데. 회의에 보내버린 선임이 밉고, 과장이 증오스러웠다. 그 두 명만큼이나 나약한 부친이 한심하여 답답하기도 했다.

부정적인 감정들이 다채롭게 고개를 들이밀고 존재감을 뽐냈다. 소란스러운 속을 다스리기 위해서 합리화에 도움이 되는 말들, 예컨대 '뭐 어쩔 수 없지'와 같은 간편한 포장지들을 꺼내보았으나, 속이 감춰지질 않았다. 잘못된 교정이 교합을 해치고, 끝내 드러나는 외관까지 망치듯이 과장의 악행부터 동료들의 방관까지 줄줄이 이어진 일들은 끝내 가시적인 결과를 만들고야 말았다.

절대 두 번 오지 않는 것은 무엇일까. 부친의 치아도, 망쳐버린 오늘도, 모두 처음이 곧 마지막인데. 시린은 괜히 자신이 일하는 병원을 찾은 바람에 부친이 피해를 본 게 속상하여 베개에 얼굴을 파묻고 소리 없이 훌쩍였다.

"근데 방문은 바람 때문에 세게 닫힌 거야."

그녀는 속상해하는 와중에도 행여나 충동적으로 화를 낸 모습 때문에 부친에게 꾸중을 들을까 싶어 소심히 일어나 방문을 열어두었다.

○

사리불은 발치를 앞두고 걱정이 커진 염라와 성간 우주를 산책했다. 염라는 내심 적합한 뼈가 발견되지 않기를 바랐다. 아무리 우주의 성인이라 할지라도 치아를 송두리째 뽑는 일이 영 내키지 않았다. 또한 이번 염라는 선대 염라보다 겁이 많아 소모적인 걱정을 습관처럼 하기도 했다.

어떡하면 제자를 어르고 달래 발치를 없던 일로
할지 머리를 굴렸다.

"사리불, 내가 숙고를 해봤는데."

염라가 금으로 된 왕관을 바로잡고, 사리불을 향
해 몸을 틀었다. 한 걸음 뒤에 있던 사리불이 소맷자
락에 두 손을 감추고서 공손히 조아렸다.

"말씀하시지요."

"비록 내 치아가 썩었을지언정 발치는 하지 않아
도 되겠다."

"아나율의 판단이 틀렸을 리가 없습니다."

"아니, 내가 숙고했다니까. 들어봐."

잔꾀를 낼 생각에 눈이 또랑또랑해진 염라를 사리
불은 가만히 올려다보았다. 수많은 염라를 보필해온
그의 입장에서는, 속을 모조리 들키고야 마는 이번 염
라의 순수함이 싫지 않았다. 여기저기서 발광하는 성
운들이 광활한 우주에 색을 더했고, 총천연색의 만물
이 염라의 투명한 마음을 비추었다.

"사리불아, 내 가르침 중 가장 중요한 것이 무엇인
지 기억나느냐?"

"모든 가르침이 귀한 가르침이니 그중에 제일인 것을 꼽을 수는 없지요."

"아니지. 나는 그중에서도 불이(不二)●를 강조하고 싶단 말이다."

"불이가 발치와 무슨 관계입니까?"

"제자여, 우주의 모든 것은 그 근원을 좇으면 결국 하나이지 그 무엇도 둘이 아니다. 검은 것과 흰 것은 본디 같고 나쁜 것과 좋은 것도 본디 같다. 만물이 빛과 소리로부터 창조될 뿐이니 결국 모든 것은 하나이고 연결되어 있도다. 우주에 2라는 숫자는 없지 않은가. 오케이?"

염라가 군데군데 헛기침을 섞어가며 근엄히 연설했다. 그의 말은 결국, 썩은 치아도 반듯한 치아와 근간이 다르지 않으니 뽑지 말자는 소심한 부탁이었다. 그 의도를 퍼뜩 꿰뚫은 사리불이 묘하게 웃으며 반문했다.

"그렇다면 반대로, 모든 좋은 치아가 결국 상할 치아이기도 하니 전부 다 발치해버려도 되지 않겠습니

● 불교의 가르침 중 불일불이(不一不二) 사상의 일부.

까?"

불이의 가르침을 불이식으로 유연하게 받아치는 사리불은 과연 유능한 제자다웠다. 염라는 냉철한 아나율 대신 관대한 사리불이 배려해주길 바랐지만 꼼수를 단칼에 잘라버리는 제자에게는 틈이 없었다. 염라는 괜히 한쪽 손으로 뺨을 비비적거리며 이제라도 어금니가 아프지 않아서 다 없던 일이 됐으면 좋겠다고 생각했다. 하지만 썩은 치아는 무슨 수를 써도 자연히 회복되지 않았다.

평소에 양치를 좀 잘할걸. 후회해도 소용없음을 알지만, 후회란 것은 꼬챙이 같아서, 깐 달걀처럼 연약한 마음을 보면 신이 나 들쑤시곤 했다. 염라는 등을 돌리고 시무룩해진 발걸음으로 저만치 나아갔다. 성간물질들이 존자가 가는 길마다 반짝거리며 반겨줬으나 염라는 흥이 나질 않았다.

그걸 알아본 사리불은 미안해졌다. 발치가 염라를 위한 일이긴 해도, 남을 위한 일이라고 모든 일이 다 유쾌하지는 않았다. 어떤 도움은 아프고 괴로운 방식으로 이뤄지기도 했다. 이에 사리불이 서둘러 덧붙일 말을 떠올리곤 염라의 등을 두드렸다.

"이번 과업은 염라님의 건강뿐 아니라 나한들이 도야하기 위해서도 꼭 필요한 과정이옵니다. 그러니 조금 인내해주시지요."

"도야? 그게 아니라 승진이겠지."

"아니옵니다. 제가 아나율에게 미리 일러둔 것이 있사옵니다."

사리불이 품 안에서 잘 닦인 옥구슬 하나를 꺼냈다. 그 속에 떠오른 형상은 수보리와 나호라였다.

"10대 제자 유망주들 아닌가?"

"맞사옵니다. 이 과업이 두 나한에게 삼법인(三法印)을 깨치게 할 것이옵니다. 특히 수보리에게요."

"고작 나한 주제에 어찌 삼법인을 깨치겠어? 그건 나도 태어난 지 3만 년이 지나서야 깨쳤도다."

사리불이 답 없이 웃으며 소맷자락으로 구슬을 한 번 더 닦았다. 인간들 틈에 노인의 모습으로 위장하여 섞여 있는 수보리가 보였다.

"우리는 태어나 죽을 때까지 삼법인을 수행해야 하지요. 그중 가장 쉬운 것은 첫째 가르침인 제행무상(諸行無常)이옵니다. 한 번 태어난 것은 반드시 한 번 죽습니다. 우주 만물의 그 어떤 것도 고정되지 못한 채 죽음을 향해 변화할 뿐이지요. 삶이란 결국 변화이옵니다. 수보리는 원래 연꽃 잎맥에 깃들었던 물이었고, 나호라는 우주의 빛이었습니다. 그들이 나한의 모습으로 서로를 만난 일도 변화의 한 과정일 뿐입니다."

사리불이 한 번 더 옥구슬을 닦으니, 이제는 수보리의 형상이 사라져 아무것도 보이지 않았다. 염라가 그의 말에 흥미를 느껴 귀를 세웠다. 사리불은 그 텅 빈 옥구슬을 성간우주에 띄워놓고 이름 모를 물질들처럼 둥둥 떠다니며 유랑하게 했다.

"첫째 가르침은 쉬운데, 둘째 가르침은 어렵지요. 그것은 제법무아(諸法無我). 결국 모든 것은 변화하며 만난 인연이자 현상일 뿐 절대적이지 않사옵니다."

"그게 수보리, 나호라의 관계랑 무슨 상관인가?"

"수보리는 태어날 때부터 나호라를 시기했사옵니다. 우주의 존자 중 누구도 수보리를 나호라보다 아랫사람이라 생각하지 않는데, 좁은 마음을 홀로 극복하지 못하고 있사옵니다. 정작 쥐고 태어난 인연의 힘은 보지 못하는 것이지요."

염라가 기다란 수염을 만지작거렸다. 부드러운 손

길을 따라 수염 끝이 너울거렸다. 둥둥 떠다니던 옥구슬은 아주 먼 곳까지 항해했다. 이제는 염라가 손을 뻗어도 닿지 않을 거리였다.

제법무아의 가르침에 의하면 결국 모든 것은 만남과 이별로 인해 생기는 일일 뿐 고정된 존재란 없었다. 예컨대 개와 사람이 함께 있다면, 둘의 본질을 결정하는 것은 둘의 존재다. 개는 사람과 함께하며 자신이 사람이 아닌 짐승임을 알게 되고, 반대로 사람은 개와 함께하며 자신에게 동물을 통솔하고 보살펴야 할 힘과 지능이 있음을 알게 된다. 개가 개다운 것은 사람이 아니기 때문이며, 사람이 사람다운 것은 개가 아니기 때문이다. 개와 쥐가 함께라면 어떨까. 개는 자신이 쥐 또한 아님을 깨닫게 된다. 이처럼 우주만물은 상호작용을 하며 인연을 쌓고, 서로를 느끼고, 공명하며, 아름다운 개성을 얻는다. 만남은 소중한 것. 나라는 존재를 너의 눈으로 관측하여 결정짓는 것. 모든 우연, 어긋남, 같음, 다름으로 만드는 꽃의 다발이 곧 '우리'라는 상태를 완성한다.

사리불은 둘이 이것을 깨쳐야 한다고 주장했다.

"제자여, 그렇다면 셋째 가르침인 열반적정(涅槃

寂靜)은 어찌 가르칠 것인가? 이 과업으로 둘이 거기 까지 깨닫기는 어려울 텐데."

"존경하는 염라님, 거기까지는 아직 커리큘럼을 안 짰사옵니다."

김이 빠지는 대답에 오히려 염라는 어깨에 오른 긴장을 풀었다.

"그래. 나한들에게 깨달음을 주기 위해서라도 내 발치는 이뤄져야만 한다는 말이구나."

"그렇사옵니다."

역시 현명한 제자들을 당해내진 못한다! 발치를 거절할 명분이 고갈된 염라는 남몰래 탄식하며 고집 을 꺾었다. 지혜제일(智慧第一) 사리불의 계획에는 그 가 생각지 못한 많은 배려와 관용이 녹아 있으니 결 국 염라도 이를 존중했다.

그러나 공연히 장난으로 놀리듯 저항했다.

"딱 맞는 치아를 찾는다는 전제하에 말이지!"

이에 사리불은 수보리와 나호라 둘 중 누군가는 반드시 찾을 것이라며 믿음을 표했다. 또한 과업 중에 인연의 가르침을 얻게끔 아나율이 남몰래 동분서주 하고 있다는 비밀을 밝혔다.

물론 이번 과업은 다른 나한도 참여하는 경쟁이므로 찾아온 것에 대해서는 공정한 심판을 약속했다. 이에 염라가 시름은 놓았으나 발걸음을 멈췄다.

"사리불아, 순서가 틀린 것 같다."

"무엇이요?"

"그 둘에게 인연을 가르치기 전에 아난과 마하가섭은 어찌할 것인가?"

"아, 둘의 관계요?"

"그래. 그 둘부터 풀어야 하지 않나? 같이 산책도 시키고 하면서 말이야."

"걱정 마시지요. 모든 계획이 연결되어 있사오니 무엇도 허튼 일이 되지 않습니다."

염라는 사리불에게 그 계획이 무엇이냐 물었고, 사리불은 우주의 미래에 스포일러는 금지라며 장난스레 거절했다. 둘은 티격태격하며 성간우주의 끝까지 걷고 또 걸었다.

○

며칠 후 수보리가 퇴근 시간에 맞춰 등장했다. 그

는 시린에게 계약대로 완벽한 치아를 구하지 못했느
냐 독촉했고, 반면 시린은 직장 생활을 지켜준다고 약
속했음에도 아버지가 발치를 당했다는 점에서 수보
리의 자질을 의심했다. 후미진 골목길에 저녁과 밤이
사이좋게 반절씩 내려앉았으나 둘은 서로를 탓하며
소모적인 대화를 이어갔다.

"내가 천상계에서 머물다 오느라 잠시 계약을 이
행하지 못했소. 그 점은 미안하오. 천상계와 인계의
시간이 다르기에 잠깐 머물다 와도 며칠이 지난다네."

"아빠 어금니 다시 나게 해주세요."

"누구도 자연을 거스르지는 못한다네."

"선임도, 과장도, 여전히 저를 못살게 굴기만 하잖
아요. 계약이랑 달라요. 이러면 저 안 할 거예요."

부친이 발치당한 후 시린은 부친과 냉전을 이어갔
다. 부친의 잘못이 아니란 걸 알면서도 만사를 참으라
는 그의 가르침에 복장이 터져 이렇게라도 어깃장을
놓았다. 또한 잘못을 저지른 과장을 처단하는 일은 어
려웠지만 가족을 탓하는 건 쉬웠다. 과장에게 한소리
하겠다고 떵떵거렸으나 그녀에게 그런 용기가 있을
리 만무했다. 그래서 마음이 불편한데도 부친에게만

괜한 분풀이를 했다.

수보리는 천상계에서 고작 반나절 쉬고 온 것 가지고 이렇게나 득달같이 따지고 드는 인간을 이해하기 어려웠다. 완벽한 치아는 운이 좋으면 내일 당장 찾을 수 있을지도 모르는데, 직장 생활을 연말까지 가호한다는 약속은 수보리 입장에서 큰 선심을 쓴 조건이었다.

고마워할 줄 모르는 태도가 미워 보였으나 염라의 가르침을 상기하며 억눌렀다. 시선과 호흡에 집중하여 마주한 인간에게 어떤 일이 있었는지부터 들여다보았다. 천안이 없으니 완벽하게 꿰뚫기는 불가능했지만, 흐릿한 선으로 이뤄진 세계 속에서 부당함에 몸서리치는 시린과 잠깐이나마 공명했다.

수보리는 하는 수 없이 시린의 어깨를 다독였다.

"신경 쓰지 못해 미안하다네."

"말만 하지 말고 행동으로 보여주셨어야죠."

"행동은 앞으로 보여줄 것이고, 지금은 사과부터 받으시게."

아나율의 작은 손길에 그가 우주의 축복을 나눠 받았듯, 시린 역시 수보리의 손길이 닿자 커다란 위로

와 격려를 나눠 받았다. 인간을 아끼는 온 우주의 뜻
이 시린의 가슴에 가랑비가 되어 내렸다. 그녀의 콧잔
등이 조금 붉어졌다.

"알겠어요."

수보리는 눈앞의 어린 미물이 이제 막 사회생활을
시작하여 이토록 힘들어하는 것이 측은했다. 그 역시
뛰어넘지 못할 나호라와 경쟁하며, 16나한 초년생으
로 살아가는 게 고단하다 판단했기에 남 일처럼 느껴
지지 않았다. 다만 그는 고요한 의문을 품었다. 자신
에게 깃든 번뇌도 타자의 눈으로는 어여쁘게 보일지.
지금 그가 시린을 미워하지 않고 포용하기로 마음먹
은 것처럼.

그는 숨에 신력을 불어넣어 목구멍 밖으로 온화한
감정을 내보냈고, 그 기운이 대기 중에 녹아들었다.
시린은 어째서인지 기분이 그럭저럭 해소되는 신비
를 경험했다.

"궁금한 게 있다네."

"뭔데요."

"왜 꼭 연말까지 버티려고 하는가?"

"연말까지 버티면 딱 1년을 채우게 돼요. 그럼 퇴

직금을 받을 수 있고, 나중에 그 돈으로 다른 일에 도
전할 수도 있으니까요."

"그게 다인가?"

시린이 하늘을 올려다보았다. 어느덧 쪽빛 융단
아래 달이 걸려 있어 돌아갈 가정이 그리워지는 시간
이었다. 다른 차원으로 이동한 듯 막다른 골목길 반대
편으로는 지나가는 사람 하나 보이지 않았다. 눈앞의
초월적 존재와 공존하는 이 순간이 문득 실존하지 않
는 것 같다는 착각이 들었다.

"1년을 채우면 아빠도 인정해줄 거예요. 내가 최
선은 다했다는 거."

시린이 주머니를 뒤적거려 최근에 찾은 치아를 수
보리에게 건넸다. 하악 소구치인데, 모양과 강도는 우
수했으나 크기가 작았다. 얼핏 보기에도 아나율의 안
목에는 모자랄 치아였다.

수보리는 지적하지 않고 조용히 치아를 쥐었다.
시린이 먼저 등을 돌리고 길을 떠나려 했다. 그녀에게
수보리가 해줄 말은 많지 않았다.

"지금도 충분히 잘하고 있다네."

시린은 돌아보지 않은 채로 쓰게 미소 짓고는 얼

른 골목길을 나섰다. 내일을 위해 발걸음 속도를 높였다. 선선한 바람이 작은 격려를 나눠주는 퇴근길. 가슴이 울적하여도 울어버리기엔 아까운 저녁이었다.

○

17세 발치 교정 환자가 내원했고, 시린은 드디어 최상의 치아를 찾았다. 그 치아를 선임 대신 폐기해주는 척하다가 의료폐기물 보관소 구석에 숨겼다. 퇴근 전에 잠시 들러 가져갈 계획이었다.

한편 치과를 둘러싼 온라인 커뮤니티 반응은 과열되어갔다. 과장의 행패는 멈출 줄을 몰랐고, 권리를 주장한 사람들은 모두 치아를 도둑맞았다. 그의 악행이 전시될 때마다 데이터로 된 군불이 일더니, 시사 고발 프로그램에 제보해야 한다는 여론까지 생겨났다. 시린은 조만간 일이 터질 거란 예감이 들었으나 어떠한 의지가 생기지는 않았다. 잘못돼도 과장이 잘못되는 거니까.

'우리 아빠도 피해자들 중 한 명이 됐네.'

그러다 부친의 휑한 잇몸 끝 구석을 떠올리고는

목구멍이 까끌해졌다. 남의 일이라 믿고 방치해둔 악행이 가족에게까지 당도하지 않았던가. 시린은 갈피를 잡기 어려웠다. 과장의 잘못에 이제라도 불같이 화를 내야만 하는지, 피해자들의 여론에 힘을 보태야 하는지, 아니면 언제나 그랬듯이 눈을 가늘게 뜨고 시야를 차단할 것인지.

그녀의 미움은 등이 휘어 있어 가장 낮고 약한 쪽을 향해 자주 기울었다. 곧게 펴려는 시도만 하지 않는다면 반동이 주는 고통도 느껴지지 않으니 그녀는 척추에 힘주는 법을 잊고 살았다.

와중에 선임은 환자들과 빈번히 다퉜다. 일당백으로 싸움을 해치우니 시린의 정신노동은 감소했으나 매일 불을 뿜어대는 사람을 동료로 두는 상황도 썩 이상적이지는 못했다.

"태희 쌤."

"왜요."

"혹시 요즘…… 안 좋은 일 있으세요?"

"아뇨? 맨날 집, 회사, 집, 회사밖에 안 해서 완전 평화로운데요, 왜요."

"피곤해 보이셔서요."

"쌩쌩한데요?"

팔을 구부리고 보디빌더처럼 팔뚝을 두드리는 선임은 꿩처럼 건강해 보이긴 했다. 그러나 두 눈만큼은 나무 기둥에 가려져 덜 자란 풀처럼 어둑한 그림자에 절어 있었다. 그것은 숙제가 싫어 명랑하게 딴청을 피우는 어린아이의 것보다는 해야 할 일을 모두 잃어버려 살아갈 열의도 상실한 낡은 이의 것과 닮았다.

그런 태희가 유일하게 그림자를 숨기는 순간은 누군가와 언쟁을 할 때였다.

'태희 쌤은 싸움이 아니면 즐거워하지 않으시니까…….'

투견이 되길 자처하는 선임을 보면 시린은 미묘한 기분이 들었다. 불구덩이에서 몸이 활활 타도록 춤을 추는 모습에 눈살을 찌푸리면서도, 늘 물가에만 사는 자신은 과연 옳게 살고 있는지 의문이 생겼다. 대비감이 심장을 긁는 불편함을 자아냈다. 안전하게 사는 것이 안락한 삶이라 믿었지만 불편한 일을 모두 외면한 끝에 결국 부친은 두 번 자라지 않는 것 하나를 상실했다. 딸인 자신은 과장에게 속 시원히 욕지거리 한번 하질 못했다.

혀를 차며 한심하다 여겼던 사람들보다 되레 못나게 살고 있다는 자각만큼은 면하고 싶었다. '과장이랑 싸우지 말라고 한 건 아빠야, 당사자가 괜찮다고 했잖아, 태희 쌤처럼 남이랑 싸우는 모습도 보기 안 좋아…….' 늘어놓은 면죄부가 길어지면 길어질수록 마음속의 판결은 무죄보다는 유죄 쪽으로 기울었다. 차라리 막무가내로 사는 선임처럼 날뛰어보고 싶다는, 한 번도 가져본 적 없는 소망에까지 도달했다.

말을 듣지 않는 감정들은 기어코 가장 외면하고 싶은 의문 하나를 도출해냈다.

불 근처는커녕 장작 근처에도 가지 못해 발발 떠는 스스로를 모른 척하고자 너무 많은 이유를 희생시키지는 않았을까, 하고.

○

숨긴 치아를 가져가기 위해 퇴근 후 폐기물 보관소를 살폈으나 숨겨둔 자리에 치아가 없었다. 몇 번이나 확인했는데도 찾지 못했다. 직원의 출입이 매우 드문 장소인데 희한한 일이었다. 그 치아야말로 수보리가 찾던 완벽한 치아라고 확신했기에 시린은 이대로 포기할 수 없었다.

1층 로비로 돌아와 의자에 앉았다. 생각에 골몰할 시간이 필요했다. 과장은 남들이 보는 곳에서 허드렛일을 하지 않기에 직접 보관소까지 올 리가 없었다. 선임은 종종 다녀가는 편이었으나 그녀가 폐어금니를 도로 가져갈 이유는 없었다. 누가 가져간 것인지 추측이 되지 않았다.

그때였다. 웬 간호사 한 명이 황급히 지하 1층으로 내려가는 게 보였다. 본능적인 위화감을 느끼고 뒤를 밟았는데, 아니나 다를까 보관소 앞에서 좌우를 살피더니 조심스레 들어갔다. 간호사의 손에 들린 건 버릴 폐기물이 아닌, 휴대용 티슈가 전부였다. 시린은 수상해하며 재빨리 문을 열어젖혔다.

여자는 폐기물 보관함에 손을 넣은 상태로, 그대로 굳어 목만 돌렸다.

"저기요! 그거 왜 뒤지고 계신데요?"

"아, 그, 그게……."

"어디 소속, 누구신데요?"

평소 뭔가를 명명백백하게 따지는 성격이 못 되는

시린이었지만 뺏기고 싶지 않은 걸 목전에 두고서는 날을 세웠다. 그녀는 평상시답지 않은 자기 모습에 약간의 희열을 느꼈다.

"저는…… 부인과 소속 오만정인데……."

마주한 여자가 물에 젖은 쥐처럼 궁색하게 떨었고, 시린은 목격했다. 익은 감같이 벌겋게 충혈된 상대의 흰자위. 주머니에서 삐져나온 축축한 티슈 조각을.

"혹시 여기서 우셨어요?"

만정의 뺨은 발그레했고 시린의 눈은 까맣게 빛났다. 둘의 첫 만남이었다.

라미네이트

"모른 척해주세요."

부인과는 치과보다 한 층 높은 곳에 위치했는데 여기까지 와서 우는 일은 자연스럽지 않았다. 시린은 왜 울었는지 미주알고주알 이유를 캘 수 있음에도 더 나빠지려는 입을 멈추었다. 만정의 목에 걸린 사원증이 뒤집혀 있어 사번을 살펴보니 앞자리 순번이 동일했다. 신입 연차. 상대도 기댈 곳이 없는 사람이었다.

하지만 눈물을 쏟은 건 그렇다 치더라도, 폐기함을 뒤적거린 건 그냥 넘어갈 수 없었다. 더군다나 대기에 연하게 녹아 있는 향기가 말해주었다. 분명 초월자의 의지가 만정을 이곳으로 이끌었다고.

"여기에 놔둔 치아, 만정 씨가 챙기신 거 맞죠?"

"갑자기 이상한 이야기를 하시네."

"그럼 왜 폐기물을 뒤적거리셨어요?"

"어질러져 있기에 정리한 건데요."

"누가 바빠 죽겠는데 폐기물을 정리해요."

"제가요."

만정은 부어 있는 눈가가 무색하게 뻔뻔히 거짓말했다. 시린은 아무리 보아도 그녀가 진실을 숨기고 있다는 생각밖에 들지 않았다. 만정을 옆으로 밀치고는 사방을 살폈다. 만정이 당황하며 뭐 하는 짓이냐고 쏘아 묻기에, 그녀도 홧김에 언성을 높였다.

"여기서 몰래 우는 건 동병상련으로 봐준다 쳐도 남의 걸 가져간 건 봐줄 수 없어요!"

갑자기 훅 높아진 목청에 만정이 어깨를 움찔거리며 뒤로 한 발짝 물러났다. 그녀가 잔꾀로 변명거리를 찾는 동안 시린은 티슈가 삐져나온 그녀의 주머니를 바라보았다. 푸른빛이 번쩍거렸다.

"안에 든 거 뭐예요."

"왜 남의 물건을 보고 그래요."

"뭐냐니까요. 꺼내봐요."

"그냥 티슈잖아요."

"자꾸 거짓말할 거예요?"

"왜 이래요, 정말!"

시린은 상대 또한 어떤 존재의 사주를 받았음을

눈치채고 주머니 속에 멋대로 손을 넣으려 했다. 만정이 방어하기 위해 팔을 휘적거리며 연거푸 뒤로 물러났고, 시린이 재차 다가갔다. 주머니에 든 것을 빼내려는 손가락과 저지하려는 손가락이 뒤엉켜 애꿎은 티슈만 자꾸 삐져나왔다.

만정은 남의 물건을, 더군다나 은밀한 주머니 속을 손가락으로 헤집으려는 시린에게 화를 냈다. 그녀가 시린의 어깨를 팍 밀쳤다. "어쭈?" 직장에서 폭언을 들은 적은 있어도 밀쳐진 적은 없었던 시린이 본능적으로 반감을 느끼곤, 더욱 저돌적으로 주머니를 향해 손을 뻗었다.

무례한 시린과 진실되지 못한 만정이 티격태격하는 사이에 움직임을 못 이긴 티슈가 주머니 밖으로 흘러내렸다. 그 티슈 겹 사이에 푸르스름한 뭔가가 있었다.

"당신도 계약했군요?"

나한의 명함이었다. 수보리가 줬던 것과 동일한 물체임을 파악하자 시린은 불길한 예감부터 들었다. 행여나 그가 이중 계약을 했나 싶어 명함의 이름을 읽으려 했는데 금방 빛이 산란돼 온데간데없이 사라졌다.

"당신이 어떻게 알아요?"

"나도 했으니까요."

"그럼 당신도 젊은 불자랑 계약한 건가요?"

"젊은 불자?"

시린이 계약한 상대는 정수리에 검은 머리와 흰머리가 경쟁하듯 자라난 노인이었다. 물론 그 모습은 수보리가 진짜 얼굴을 숨기기 위해 도술로 만든 가면이었지만, 시린은 그 점을 몰랐고, 만정과 연관된 나한은 수보리가 아니기도 했다. 시린은 나리종합병원의 뼈를 탐하는 불자가 수보리뿐이 아니라는 점을 파악했다.

"혹시 우린 같은 팀인가요?"

이제야 초인의 가호를 얻어 직장 생활이 편해지는가 했더니만 새로운 골칫거리였다. 최상의 뼈를 찾는 일을 두 명이서 하고 있다는 사실은 둘이 '같은 팀'이 될 수 없다는 의미이기도 했다. 분명 경쟁이었다. 상대는 그런 시린의 조바심도 모르고 속없이 기뻐했다.

"좀 알려주시면 안 돼요? 어떤 걸 찾아야 하는지 감이 안 와서요."

스펀지가 물을 먹어버리듯 어이를 쏙 뺏겨버린 시
린이 구겨진 이마를 헐렁하게 폈다.

"바보예요? 팀이 아니라 경쟁이죠."

"그쪽이랑 제가요?"

"네. 저는 치과 소속 이시린이고요."

"치위생사 이름이 이시린?"

"장난칠 기분 아니네요."

냉담한 반응에 만정이 머쓱했는지 묶은 머리 옆으
로 삐져나온 잔머리만 만지작댔다.

"아쉽다. 친구가 생기는 줄 알았는데……."

시린은 상대의 혼잣말이 상황과 맞지 않아 농담을
하는 줄 알고 빤히 노려보았다. 만정은 진실로 시무룩
해진 얼굴에, 입꼬리가 어깨까지 내려갈 기세로 축 처
졌다. 친구를 만드는 곳이 아니거니와 있던 친구도 원
수가 되는 곳이 직장인데 영 어울리지 않는 자조였다.

"병원에 친구가 왜 필요해요?"

"필요하죠. 마음이 힘드니까."

"뭐가 힘들어요?"

"그냥 다요."

"선임이 갈궈서?"

"네."

"그래서 울었고요?"

"알면서 왜 물어요. 그쪽도 겪어봤을 거면서."

시린은 고개를 반쯤 숙인 만정을 보며 생각했다. 화장실에서 몰래 울고 나면 자신도 저런 얼굴이었을까, 하고.

"직장 생활이 다 그렇죠. 울긴 왜 울어요."

위로를 필요로 하는 사람도 남을 위로하는 일에는 미숙했다. 시린은 위로랍시고 한 말이 상대에게 도움이 되지 않을 걸 뒤늦게 깨달아 겸연쩍어졌다. 선임과 과장, 환자들에게 치이고 난 뒤 눈물을 쏟았던 날마다 듣고 싶었던 말은 이것이 아니었다. 마음을 유연히 휘어 곡선의 다발로 만들 수 있다면 좋을 텐데. 막상 해보니 왜 타인들이 뻣뻣한 말만 던지고 스스로 제 발 저린 표정을 지었는지 알 것 같았다.

"혼내는 게 아니라 여기서 울면 오해받을까 봐 그래요."

위로도 힐난도 아닌 애매한 말에 만정이 언짢음을 담아 시린을 위아래로 훑었다. 주머니를 뒤질 때 표출했던 독기는 온데간데없고 어쩔 줄 몰라 하는 여자만

있었다. 피차일반 저연차 말단 사원이긴 마찬가지라,
만정은 속이 허탈하여 코웃음을 쳤다.

"만정 씨는 계약 대가로 뭘 받기로 했나요?"

"궁금하면 시린 씨부터 먼저 말해줘요."

"저는 연말까지 직장 생활을 가호받기로 했어요.
사실은 저도 일하는 게 힘들어서요."

"참 나. 뭐 그런 걸 빌었어요. 쓸모없긴."

만정이 티슈를 주머니에 다시 쑤셔 넣고는 휴대전
화를 꺼냈다.

"저는 팔로워 1만 명을 받기로 했어요. 웹툰으로
대박 터뜨릴 거라."

시린이 그녀가 보여주는 화면을 살폈다. 만화를
업로드한 계정으로, '인기 없는 사람 특징, 사회성 없
는 사람 특징, 도태되는 사람 특징' 등 대체로 개인을
향한 부정적 통찰을 담은 자료들이 많았는데, 선임이
좋아할 법한 것들이었다. 직장에서 타인에게 압도되
어 눈물을 쏟는 만정이 만든 콘텐츠치고는 현실감이
없었다. 그보다 더 선행한 감상은 만정이 창작 행위로
자신에게 결여된 무언가를 근근이 보완하고 있다는
점이었다.

시린은 그런 만정에게 역으로 측은지심을 느꼈다. 이 보잘것없는 나리종합병원에도 자신만큼 마음이 곤궁한 사람이 있다는 점이 기막혔다. 아귀가 맞지 않는 퍼즐처럼 자신과 닮은 듯 다른 만정의 모습은 불편함과 동질감을 동시에 자아냈다.

만정이 얼른 휴대전화를 주머니에 넣었다. 들릴 듯 말 듯 볼멘소리로 웅얼거림이 이어졌다.

"이런 게 팔로워가 빨리 모여서 그래요. 나도 좋아서 그리는 거 아니라고요."

시린은 그녀의 마음을 아주 모르지는 않았다. 공감되는 마음이 반, 고개가 갸웃거려지는 마음이 반이었다. 물론 반쪽짜리 마음만으로도 격려는 나눌 수 있었다.

"괜찮은 취미네요."

만정의 표정이 그제야 누그러졌다.

"취미 아니에요. 언젠가는 진짜 웹툰 작가가 되고 싶어서요."

"그럼 직업을 바꿔달라고 빌면 됐을 텐데요."

"똑같이 신입이라면, obgy˙ 간호사로 받는 월급이 더 많으니까요. 억대 연봉 웹툰 작가로 만들어주는 건 안 된다고 하더라고요."

시린은 거절당한 자신의 세속적인 소원들을 떠올렸다. 수보리는 분명 현실과 동떨어진 것은 이뤄줄 수 없다 했다.

나한이 인간에게 베풀 수 있는 복은 한정돼 있고 그건 할당받은 운명을 크게 바꾸는 것이어선 안 됐다. 한순간에 재벌 백수라든가 인기 절정 아이돌이 되면 얼마나 좋겠냐마는 둘에게 나한은 그런 삶을 허가하지 않았다.

어떻게든 현실의 고단함을 덜어내기 위해 시린과 만정은 각자 빌 수 있는 가장 좋은 것을 빌었다.

시린이 만정을 향해 윗입술을 볼록이며 장난스레 응수했다.

"뭘 그런 걸 소원으로 빌어요."

"팔로워 1만 명은 돈이라도 되지. 시린 씨가 더 이상하네요."

서로를 귀엽게 여기는 표정을 공유하며 둘은 긴장을 덜었다. 상대가 말한 계약 조건이 우스워 그런 것

● 산부인과를 의미하는 병원 용어로 obstetrics and gynecology의
   줄임말.

도 있지만, 처지를 공유한 데서 묘한 연대의식이 느껴지기도 했다.

"그쪽이 찾는 치아는 정말로 몰라요. 전 여기에 그냥 좋은 폐기 뼈를 찾으러 온 거고, 치아는 안 가져갔어요."

"알겠어요. 제가 잃어버렸나 봐요."

둘은 나란히 보관소에서 나와 짧은 목례를 끝으로 갈라졌다. 앞으로 정정당당히 겨뤄보자거나 혹은 서로 돕자거나 하는 말은 나누지 않았다.

시린은 퇴근길에 만정의 계정을 팔로우했고, 소심히 좋아요 하나를 남겨두었다. 건넬 수 있는 가장 조용한 응원이었다.

○

일어나야 할 일은 반드시 일어나고 만다. 아무리 막으려 해도.

기어코 취재진이 아침 일찍 나리종합병원 치과를 찾았다. 환복을 막 끝낸 시린이 데스크를 정리할 틈도 없이 녹음기를 내밀며 아침과 어울리지 않는 공격적

언사를 이어갔다.

지역 커뮤니티에서 화제가 된 과잉 진료 논란을 취재하러 왔다면서 요청하지 않은 명함을 내밀며 인터뷰를 강요했다. '과잉 진료' 네 글자만 듣고도 취재진이 과장을 찾아왔다는 걸 알았지만, 어떻게 응대해야 할지 난감했다.

시린은 자기 얼굴을 한껏 찍고 있는 카메라가 거슬렸다. 그렇다고 시사 고발 프로그램의 수상쩍은 인물들처럼 다짜고짜 윽박을 질렀다가는 그 그림마저 우습게 담길 것이 뻔했다.

과장을 보호하고 싶은 마음은 없었고, 속 시원하게 질문에 답할 용기도 없었다. 올 게 왔다는 생각만 반복했다.

"나지성 의사는 언제 출근하시죠?"

"곧, 아니, 그게……."

"선생님께서도 의사의 과잉 진료 사실을 알고 계셨나요?"

"아니, 그, 아……."

"모르셨단 건가요?"

"그게, 어……."

"치위생사 사이에서도 마찰이 있다는 글이 있던
데 사실인가요?"

적을 준비도 하지 않았는데 일단 시작된 받아쓰
기 시험처럼 말을 따라가기가 벅찼다. 시린은 하나하
나 파악하고 답을 준비할 시간도 없이 신음만 버벅거
렸다. 배드민턴 랠리를 보듯 이 취재진에서 저 취재진
으로 마구 붙들려가는 시선이 불안했다. 차분한 분위
기에서 물어도 대답하기 곤란한 것들을 아침 댓바람
부터 불도저처럼 물어보는데 조리 있게 말할 수 있을
리가 없었다.

"이보세요들!"

뒤이어 출근한 선임이 상황을 파악하더니 취재진
에게 매섭게 다가갔다. 망토 없는 구세주였다.

"병원에서 소란 피우면 안 돼요. 빨리 나가세요!"

"저희는 방송사에서 왔고요 과잉 진료 논란을 취
재……."

"나가시라고요. 오전 예약이 많아요."

"그럼 명함이라도 드리고 가겠습니다."

선임은 명함을 대충 데스크 위에 던져놓고는 능숙
하게 취재진의 등을 떠밀었다. 그들은 게시글의 내용

을 불경처럼 줄줄 읊으며 말꼬리마다 '사실입니까'를 덧붙이며 치과 밖으로 밀려갔다. 인파가 우르르 내쫓기는 광경을 보며 시린은 처음으로 자각했다. 확실히 저 여자가 선임이긴 하구나, 하고.

모든 상황을 알고 있던 과장은 출근 시간보다 30분이나 늦게 등장했다. 사실은 이미 병원에 도착했었지만, 취재진이 왔다는 상황을 전달받고는 병원 앞 카페에 숨어 있었다. 통유리창 너머로 한 무리 사람이 쫓겨나는 걸 보고서야 차가 막혔다 거짓말을 하며 나타난 것이다.

선임이 명함과 함께 자초지종을 설명했다. 과장은 붉으락푸르락한 얼굴을 애써 감추며 당황하지 않은 척을 했는데, 그의 셔츠 속 이너 티는 이미 땀에 젖어 있었다.

"과장님, 알아서 대응하게 행정과 쪽으로 넘길까요?"

"괜히 일 키우지 맙시다."

"그럼 어떡하실 거예요? 보나 마나 취재하러 또 올 텐데요."

"악플러들이 개소리하는 걸로 취재까지 하다니.

방송국 놈들 할 짓이 더럽게 없나 보네요. 꼬락서니가 저열하기는. 우리 선에서 적당히 해결합시다."

"어떻게요?"

"또 찾아오면 취재 허가받았는지부터 따지시고, 받았다고 하면 저는 잠시 자리 비웠다고 해주세요. 그 후에는 태희 씨나 시린 씨가 알아서 잘 말하고 오시고요."

"저희더러 인터뷰를 대신 하라는 말인가요?"

"무슨 말을 해야 할지는 대충 아시잖아요."

과장은 마땅히 해야 할 업무를 분배하는 듯 뻔뻔스럽게 대꾸하며 선임에게 명함을 반납했다. 그 명함은 폭탄처럼 다시 시린에게로 옮겨졌다. 불편한 인터뷰를 처리할 사람은 결국 조직의 막내였다.

시린은 당혹스러웠다. 기자들을 쫓아낼 때만 해도 선임이 든든한 방패막이 되어주는가 싶었는데, 그녀는 싸울 때만 신이 나서 송곳니를 드러내는 사람이었지 진실로 용감한 사람은 아니었다.

"아무 문제 없다고 둘러대면 된대요."

"선생님, 저 너무 부담스러운데요."

"누가 해도 부담스러운 일이에요. 과장은 진료를

봐야 하니까 인터뷰할 시간이 없고 저도 바쁘니까 시린 쌤이 해결할 수밖에 없어요. 정말 어쩔 수 없네요."

"선생님은 안 바쁘시잖아요…… 지금도 휴대폰에 틱톡……."

어떻게든 폭탄을 회피하고 싶어 개미 소리로 투정했지만, 선임이 칼날 같은 눈빛으로 시린의 얼굴을 할퀴었다.

"쌤은 왜 이렇게 책임감이 없어요!"

책임감? 그게 무슨 뜻인지는 알고나 말하시나요, 시린은 식도까지 올라온 반발을 뱉지 못했다. 과장과 선임이 마땅히 해야 할 일을 본인에게 미뤄버렸고, 그게 부당하다는 사실도 인지했지만 대응책이 없었다. 못하겠으니 알아서 해결하세요, 라고 거절할 수 있는 사람이었다면 얼마나 좋을까. 시린은 존재하지 않는 가상의 자신을 상상하고 또 상상했다.

끝내 데스크 직통 전화로 취재진의 연락이 도착했다. 그들은 인터뷰 날짜를 잡고 싶다며 명함의 연락처로 개인 번호를 회신해달라 닦달했다. 마음 같아서는 과장의 번호를 넘기고 싶었지만 통화 내용을 함께 들으며 눈치를 주는 선임 때문에 하는 수 없이 시린은 자기 번호를 보냈다. 며칠 내에 기자와 인터뷰 일정이 잡힐 것이고 시린이 어떻게든 취재를 무마해야 했다.

'저희 과장님은 아무 죄가 없습니다. 적법한 절차에 따라 진료했을 뿐입니다. 그래서 저희 아버지도 어금니를 잃으셨지요.'

내려다본 명함 반쪽에 부친의 얼굴이 아른거렸다. 만정도 뼈를 찾고 있는 마당에 이런 일로 시간을 뺏겨서는 안 됐다. 무너져 내리는 산봉우리만큼이나 커다란 한숨이 쏟아져 나왔고, 그녀는 오늘도 자각해버렸다.

인생이 절대 마음먹은 대로 풀리지 않는다는 걸.

○

내원 환자로 둔갑해 상황을 살핀 수보리가 음성이 담긴 빛줄기를 보냈다. 점심시간이 되거든 외부 카페로 오라는 연락이었다. 시린은 귓가를 따끔하게 쏘는 빛줄기를 감지하곤 일찍이 나갈 채비를 마쳤다. 행여나 선임이 수상히 여길까 싶어 그녀는 커피에 입을 댄 척하며 호들갑을 떨었다.

"조심 좀 하지. 괜찮아요?"

"놀라서 혀를 씹었어요."

"정신을 똑바로 차리고 살아요."

"너무 쓰린데 5분만 일찍 나가도 될까요? 약국에 들르려고 해요."

"알아서 해요."

시린은 종종걸음으로 빛줄기가 알려준 카페로 향했다. 익숙한 스타벅스와 투썸플레이스, 문을 닫기 직전인 엔제리너스까지 지나서야 도착지가 보였다. 생전 처음 보는 카페는 멀쩡한 외관과 달리 손님이 없었다.

딱 한 사람, 먼저 도착한 수보리를 제외하고.

"혀는 괜찮은가?"

"어떻게 아셨어요?"

"들었다네."

"연기한 거라서 괜찮아요. 이런 카페는 어떻게 아셨대요?"

"내가 감성을 중요시해서."

수보리는 두 손으로 사진 찍는 시늉을 했다. 내부 인테리어가 제법 괜찮은 카페였지만 피크 시간대인

점심시간에도 찾는 이가 없었다. 시린은 주변을 한참 두리번거리다 아이스 아메리카노 한 잔을 주문했다.

그녀는 어린아이가 응석을 부리듯이 대신 해결해 달라는 마음을 듬뿍 담아 오전에 벌어진 일을 설명했다. 수보리 또한 신력으로 이미 다 엿본 내용이었으나 장황한 설명을 가만히 경청했다. 목이 탄 시린이 입을 다물 때쯤에야 상체를 앞으로 기울였다.

"좋은 기회가 온 걸세."

"기회요?"

"그대를 힘들게 하고, 아비에게도 피해를 준 자를 응징할 기회라네."

시린은 아메리카노를 받아 와 한 모금 들이켰다. 바싹 마른 혀를 적시기에 좋은 온도였다.

"저는 구설수를 만들고 싶지 않아요. 알아서 해결해주시면 안 돼요? 저 말고 선임이나 과장이 인터뷰하게끔만 하면 될 거 같아요. 그 정도는 할 수 있죠?"

"가족이 겪은 부당함을 알리고, 스스로의 한을 토로하는 일을 구설수라 여기는가?"

"갑자기 왜 말을 바꿔요. 지켜준다고 했잖아요."

"그러니 묻는다네. 취재진의 명함까지 받았잖나.

스스로를 지킬 수 있는 최고의 기회이지 않은가."

시린이 원한 답이 아니었다. 그녀는 앞뒤 상황을 파악한 수보리가 어떻게든 곤란한 인터뷰 기회를 없애고 평안을 되찾아주길 바랐다. 과장을 프로그램에 고발하여 응징하고 안 하고는 고려하지 않은 부분이었다. 당연히 부친을 생각하면 피가 끓었지만, 그렇다고 직장에서 불편한 일을 감내하고 싶지는 않았다.

어쩌면 시린은 감내하지 못하는 상태였다.

반면 수보리도 의아했다. 어떡하면 기회를 이용하여 그동안 벼르고 있던 과장에게 앙갚음할 수 있을지 물을 줄 알았다. 적절한 계획을 구상하고 있었는데 눈앞의 인간은 결이 다른 요구를 했다. 과장이 저지른 일이 자신과 상관이 있건 없건 외면하고만 싶어 하는 시린에겐 초조함이 가득했다.

수많은 미물 중 오직 인간만이 가지는 의지가 있다. 그것을 존자들은 용기라 일컬었으니, 수보리에게 이러한 회피는 기특하게 보이지 않았다.

"그럼 이리 하지. 인터뷰는 내가 대신 하겠네. 과잉 진료를 겪은 환자의 입장에서 자네 아버지가 겪은 부당한 발치까지 말해줄 것이야. 내가 취재진과 만날 수 있게 자리만 만드시게."

시린은 골치 아픈 인터뷰를 대신 하겠다는 수보리의 제안에 귀가 솔깃했다. 부친의 소중한 치아를 뽑아버린 과장을 그녀 또한 용서하고 싶은 마음은 없었기에 제안을 수락하면 손대지 않고 코 풀기가 가능했다.

하지만 선뜻 고개를 끄덕이지 못했다. 수보리가 과장의 실태를 낱낱이 고발하여, 신력으로 증언을 뒷받침할 자료까지 모두 준비하여, 과장이 정말로 몰락한다면? 그래서 과장이 환자를 취재진과 연결해준 사람이 누구인지 눈에 불을 켜고 찾는다면? 취재진이 실언하여 그 사람이 바로 시린이라고 이실직고한다면? 당장 일정표에 기록된 환자들 진료는 누가 해줄 것이며. 치과 매출은 누가 책임질 것이며. 직장을 제 손으로 망쳐도 되는 건지. 나중에라도 사실은 과장의 행위가 옳다는 반박이 준비된다면? 타인의 삶에 개입하여 그 결과를 자기 삶에도 편입시키는 것. 그런 것들은 아무리 생각해도 정치적이었다. 그것은 그녀가 사수해온 완전한 무고(無故)의 획을 부식시킬지도 모르는 독이었다.

그녀는 늘 일어나지 않은 일을 고민하며 살았다.

눈앞에 실체 없는 장막을 두고 사는 그녀에겐 앞으로
나아가는 일보다 제자리에 멈춰 있는 일이 편했다. 남
들에게는 손끝으로 가벼이 밀어내는 문일지라도 그
녀에게는 부딪칠 엄두가 나지 않는 벽이었다. 시린은
콧잔등을 간질이는 강아지풀 같은 고민 하나로도 온
세상의 파멸을 상상했으니, 매사가 무서웠다.

"구설수를 만들고 싶지 않다니까요."

"내가 다 하겠다는데 그것조차 못 하겠는가?"

"일단은 제가…… 그쪽이랑 취재진을 연결해야
하잖아요. 분명히 기록 같은 게 남을 거고…… 나중에
밝혀지면……."

"그건 전혀 큰일이 아니라네."

"알아서 기자에게 연락하시면 안 될까요? 신력이
있으니까 가능하잖아요."

우주 만물은 사소한 태동으로 시작돼 종국에는 거
대한 세계가 된다. 모든 차원의 미물에겐 부단히 발걸
음을 움직여 삶에 태동을 보태고, 그들이 사는 우주를
아름답게 가꿀 의무가 있다. 그러나 지금 수보리가 발
견한 것은 나약함의 탈을 쓴 간사함이었다.

"그대의 말처럼 나는 모든 일을 알아서 처리할 수

있네. 하나 그리 한다면 그대의 삶은 무슨 의미가 있는가? 나는 지금 그대에게 삶을 자력으로 이끌 최소한의 행동을 제안하는 것이네."

"저는 그저 관여하고 싶지 않은 거예요."

"그대는 아직 모르고 있네. 세상은 용기보다 비겁함을 더 빨리 목격한다네."

"비겁? 말이 심해요."

어떤 선택지들에는 아우성이 있었다. 고르는 순간 모두가 그녀의 마음과 의도를 엿들었다. 그녀는 들키며 살고 싶지 않았다. 그래서 투명 망토 같은 침묵을 뒤집어쓰고 살았는데, 인제 보니 그것은 주인을 투명하게 만들어주는 망토가 아니라 그냥 투명한 망토였다. 그녀는 벌거숭이가 된 줄도 모르고 꾸준히 목격당하며 살아왔다. 침묵 또한 아우성이 깃든 선택이었기에.

수보리는 시린을 위해 많은 걸 해줄 수 있었다. 하지만 지금 당장은 아무것도 해주고 싶지 않았다. 시린이 앞으로 매일 밤 달을 보며 소원을 빈다 해도, 지금의 시린에게는 어떠한 정답도 들려주지 않을 생각이었다. 운명이 인간의 소망에 응답하지 않는 때는 지금 같은 순간이었다.

"그대의 삶에는 낭만이 없구나."

크게 실망한 수보리가 자리에서 일어나 카페를 나가버렸다. 시린은 스스로의 태도에 부끄러움을 느꼈지만 당장은 용기가 나지 않았다. 매몰차게 떠나버리는 수보리를 잡기 위해 덩달아 일어섰으나 어정쩡하게 문 앞에 붙어 팔 하나 뻗지 못했다. 수보리는 자비한 톨 보여주지 않고선 금세 빛줄기가 되어 사라졌다.

그가 사라지자 카페를 이루던 철골이 순식간에 들풀과 흙으로 바뀌어 무너졌다. 먼지가 나부끼는 공터에 그녀 혼자 허망히 서 있을 뿐이었다.

○

수보리는 홧김에 인근의 산을 찾았다. 인간을 미워하는 마음을 품었다간 아나율에게 혼이 난단 사실을 알기에 서둘러 마음을 정화하고자 숲 향을 들이마셨다. 인공의 개입이 없는 대기가 영혼 안에 깃들고, 곧이어 우주의 섭리가 그를 차분히 가라앉혔다.

나한들은 10대 제자가 되기 위해 모든 것을 사랑해야만 했다. 아나율과 아득히 먼 선배 사리불, 존엄한 염라가 일맥상통하게 가르치는 규율이었다. 하지만 사랑스럽지 않은 것을 사랑하는 일은 어렵기만 했고 수보리는 자주 타자를 미워했다. 존자로 살던 순간부터 동료를 시기했던 그였다. 미물의 제왕인 인간만큼은 언제나 정의롭고 청렴하게 살길 바랐다. 그래야만 본인이 어려움 없이 사랑할 수 있으니.

많은 사항을 양보했음에도 앞으로 나아가지 못하는 시린이 괘씸했다. 어째서 우주에는 허가한 적 없는 유약함이 깃들어 있는 걸까. 수보리가 발을 내디딘 인계에는 납득하기 어려운 미완의 마음들이 가득했다. 이것이 염라의 수업 중 일부라면 참으로 고(苦)로구나, 그가 한탄했다.

"순탄치 않은가 보오."

들풀 사이로 초대한 적 없는 목소리가 들려왔다. 배추흰나비 한 마리가 근처에서 날개를 팔랑거리더니 이내 나호라로 변했다.

"방해하러 왔는가?"

"방해라니. 나도 과업을 수행하고 있다는 걸 잊지 마시게."

"굳이 내가 먼저 온 산에서?"

"나는 근무 중에 힐링 좀 하면 안 되오?"

나호라가 맞은편 암석 위에 착석했다. 기다란 녹색 머리털이 사뿐히 돌 표면을 덮었고, 연꽃 향이 피어올랐다. 수보리는 얄미울 만큼 숭고히 빛나는 작자를 눈에 담고 싶지 않아 고개를 돌렸다.

"병원에 좋은 기운이 있던데. 나도 근처에서 찾고 있소."

"안 물어봤소."

"난 자네와 제법 괜찮은 경쟁을 하고 있다 생각하는데. 자네는 내가 여전히 미운가 보오."

"미운 게 아니라네."

"그러하면?"

"꼴 보기 싫은 거라네."

성의조차 없는 모욕에도 나호라는 재미있기만 한지 고개를 뒤로 젖혀 크게 웃었다. 활짝 열린 입 동굴 너머에서 짙은 연꽃 향이 넘실대며 흘러나왔고 그 웃음에 맞추어 숲의 나무들이 가지를 털었다. 수보리는 온 세계가 축복하는 상대가 못마땅했다.

"파트너로 선택한 인간이 속을 썩이는 게지?"

"멋대로 꿰뚫지 마시게."

"실망은 기대가 없으면 성립하지 않잖나. 그자가 용감하길 기대했는가?"

"어리석지 않게 살려면 그래야지."

"자네 혹시 알고 있는가?"

나호라가 오른팔을 옆으로 뻗었다. 크고 작은 산새들이 날아와 그 위에 앉았다. 인간은 초월적 존재를 볼 수 없지만 동물들은 가능했다.

수보리가 그 광경에 시기심을 품고 혼자 손을 꼼지락거렸다. 소심하게 팔을 대각선으로 뻗어보았으나 그에게는 새는커녕 축축한 지렁이들만 꼬였다.

"자네와 내가 다르듯이 인간도 전부 다르다네."

"출신의 차이를 논하려거든 썩 꺼지시게."

"그것을 말하는 게 아니라네. 자네와 나는 같은 나한이지만 겪어온 삶이 다르고 마음도 다르다네. 인간도 마찬가지라네. 모두가 강인하게만 산다면 그것이 과연 다채로운 우주겠는가?"

수보리는 10대 제자가 아닌 나호라 따위에게 훈계를 듣고 싶지 않았다. 자리에서 벌떡 일어나 구름을 불렀다. 서둘러 떠날 채비를 하는 그에게 나호라가 바짝 다가갔다. 등을 돌린 수보리의 옷자락을 붙잡는데,

제법 진지한 태도였다.

"만 개의 목숨엔 만 가지의 낭만이 있다네."

수보리는 먼지를 털듯 그 손길을 뿌리쳤다.

"자네가 뭔데 나를 가르치려 하는가?"

"가르치는 게 아니라네."

"그럼 이 태도는 무엇이란 말인가?"

그는 구름을 짓밟듯이 올라타고는 나호라가 따라가지 못할 장소로 이동하려 했다. 나호라는 신력으로 구름을 잠시 묶어두었고, 약이 바짝 오른 수보리는 당장 신력을 풀라 역정을 냈다.

"말해주고 싶었을 뿐이네. 동일하지 않아도 우리가 아름답다는 것을."

수보리가 헛웃음을 지으며 "우리?"라 반문한 뒤 나호라의 신력을 강제로 해제했다. 즉시 멀리까지 뻗어가는 구름은 꼬리조차 남기지 않았다.

둘의 소란을 무서워한 새들이 먼발치로 달아났다가 수보리가 떠난 것을 보고서야 종종걸음으로 다가왔다. 각양각색의 꽁지를 가진 비행자들을 나호라는 손길로 강복해주었다. 기쁨을 얻은 새들이 부리질을 하며 감사를 표하면서도, 걱정스레 고개를 갸웃거렸다.

"괜찮네. 내게도 의도가 있다네."

출렁이는 머릿결이 나호라의 몸을 감싸자 옥체는 다시 나비로 변했다. 하얀 두 날개가 작은 바람을 만들며 나아갔고, 숲에는 나한이 남긴 뜻 모를 웃음소리만 맴돌았다.

○

과장은 환자를 맞이할 때마다 행여나 이 사람도 인터넷에 악의적인 글을 쓰지는 않을지 부쩍 걱정이 많아졌다. 자신을 돌아보기보다는 상대를 원망하는 사람이니, 반성이나 자책처럼 품이 많이 드는 마음은 취하지 않았다. 다만 온라인 글을 의식하여 임플란트 진료를 강요하기보다는 심미 치료를 제안하는 식으로 영업 노선을 변경했다. 임플란트 못지않게 수익성이 좋았기에 그는 주눅 들지 않고 열심히 장사를 이어갔다. 덕분에 치과에는 부쩍 라미네이트 손님이 많아졌다.

그의 눈앞에 며칠 전에 본 BMW7의 운전석이 아른거렸다. 사람들이 무용한 짓거리만 멈춰준다면 상황 타개는 얼마든지 가능했다. 병원장의 귀에는 아직 취재진이 출입했단 사실이 닿지 않았고, 모르쇠로 일관하든 취재진에게 푼돈이라도 찔러주어 입을 막든, 앞길을 보전할 방법은 다양했다. 그깟 무식한 환자들과 취재진 나부랭이에게 질 사람이 아니라고 스스로를 다독였다.

명색이 특목고를 나와 치의대를 졸업했고, 키도 175센티미터가 넘는 데다가 늘 어머니에게서 '멋지고 잘난 우리 새끼' 칭찬만 듣던 자식이 아니던가. 그는 손에 힘을 줘 포셉을 불끈 쥐었다. 본인에게 딱 맞는 미래란 추락이 아닌 오로지 상승뿐이라 믿어 의심치 않았다.

"시린 쌤, 연락해봤어요?"

"아직이요…….."

"잘 말하고 와야 해요. 귀찮은 일 더 없게요."

"혹시 과장님이 같이 가주실 생각은…….."

"여기 베드 정리요."

과장이 자기신뢰를 굳건히 다지는 동안 시린은 주머니에 넣어둔 휴대전화가 신경 쓰여 업무에 집중하지 못했다. 행여나 취재진에게서 연락이 올까 걱정되기도 했고, 익명의 누군가가 입장 표명을 요구할까 봐 조마조마했다. 자신이 한 잘못은 없다고 수십 번 되뇌었지만 냉정을 유지하긴 어려웠다.

그러는 새에 라미네이트 손님까지 부쩍 늘어나자 그녀는 데스크에 서 있는 일도, 진료실에 들어가는 일도, 모든 게 좌불안석이었다.

"라미 하면 조심해야 한다던데 정말 제가 해도 괜찮을까요?"

"선생님께 진료받으시고 결정하세요."

"걱정이 돼서요."

"요즘 많이들 해요."

"예뻐진다니까 하는 거긴 한데……."

치과 안에 작은 성형외과를 오픈한 모양새였다. 치료 목적이 아닌, 단지 예쁜 치아를 갖고 싶어 하는 환자들은 본인이 미를 추구함으로써 잃게 될 미래의 안전을 걱정했다. 시린은 그걸 알고 있었다. 아무리 라미네이트가 시류에 잘 맞는 진료 과목이라 할지라도 가볍게 권해선 안 된다는 사실 또한 잘 알았다.

교정이 인내를 지불하고 결과를 얻는다면 라미네이트는 치아의 일부를 지불하고 즉각 결과를 얻었다.

두 번 자라나지 않는 것을 깎아내는 대신 사람들은
저마다 다른 미래를 맞이했다. 이 세계는 완벽한 등가
교환으로 설명되지 않았고, 어떤 것은 가능성을 기반
으로 한 뽑기 게임처럼 결정이 났다. 시린이 생각하는
라미네이트도 그러했다. 좋은 결과가 분명 존재하지
만, 뽑기 전까지는 바라는 대로 아름다워질 거라 호언
장담할 수 없고, 이미 뽑고 나면 무엇이 됐든 물리지
못했다.

속이 시끄러워도 일은 일이었다. 그녀는 성실히
과장을 보조하고 발치가 있을 때마다 최상의 치아인
지 살폈다.

"시린 쌤 되시나요?"

"네. 전데요."

"누가 폐기물 보관소에서 잠시 보자고 전해달라
시네요."

"아, 만정 쌤인가 보네요."

처음 보는 직원이 시린에게 간단한 말을 남기고
는 금방 사라졌다. 시린은 마침 마음이 어지러우니 한
산한 틈을 타 폐기물을 처리하는 척 만정을 만나고자
했다. 그녀가 진료실의 폐기물 함을 가져가려는데 과

장이 이를 저지했다.

"왜 태희 쌤이 안 하고 시린 쌤이 하세요?"

"내려갈 일이 있어서 가는 김에 처리하려고 합니다."

"이런 건 업무 다 끝나고 환자 없을 때 치워야죠. 그리고 내가 태희 쌤한테 시킨 일이니까 시린 쌤은 하지 마요."

시린은 그의 말이 배려인지 비난인지 분간이 되지 않았다. 괜찮으니 스스로 하겠다 받아쳤는데 과장이 호통을 쳤다. 왜 시키는 대로 따르지 않느냐 화내는 모습에서 시린은 과장이 배려를 고민한 적조차 없었음을 깨달았다. 어쩔 수 없이 명령에 순종하고자 그녀는 빈손으로, 다른 볼일이 있는 척 지하 1층으로 향했다.

그곳에 만정은 없었다.

"왔는가."

"누구세요?"

"그대를 부른 사람이지."

기다리고 있던 자는 나호라였다.

"나는 자네와 계약한 나한의 오랜 벗이라네."

시린은 수보리와 외형이 비슷하면서도 한참은 더 어려 보이는 나호라를 보자마자 미지의 생명체와 마주하는 듯한 본능적 긴장을 느꼈다. 기다란 머리털을 팔랑거리며 미소 짓는 나호라는 인간이 보기에도 무척 아름다웠으나 그 찬란함에 거대한 위용이 중첩되어 있었다.

당장 바닥에 납작이 붙어 절을 해야 한다는 충동이 일었다. 세계를 관장하는 신을 직접 보고 있다는 착각이 들 정도였다. 나호라의 피에 흐르는 고결한 연꽃 향은 모든 생명체로 하여금 조건 없는 경배를 불러일으켰다.

나호라는 시린이 두려움을 품기 전에 머리칼을 움직였다. 기다란 한 올이 검지에 닿자 그녀를 꽉 동여맸던 긴장감이 사그라들었다. 닿아 있는 머리칼을 타고 시린의 기억이 나호라의 심상 속으로 흘러갔다.

"오호. 여기에 숨겨뒀던 최상의 치아가 사라졌나 보구나."

시린은 수보리와 나호라가 경쟁 관계라는 것을 눈치챘다. 만정이라고 속여 자신을 불러낸 것만 봐도 눈앞의 존재를 우호적으로 여기기는 어려웠다.

"오해 마시게. 벗과 계약한 자가 어떤 자인지 궁금하여 왔다네."

"그쪽이 궁금할 이유가 뭐죠."

"품성과 다르게 당돌하구나."

모든 긴장이 해제된 시린은 나호라의 말에 제법 당차게 대꾸했다. 두렵지 않아서는 아니었다. 눈에 보이지 않는 기운만으로도 상대가 수보리보다 훨씬 더 존엄한 자임은 알 수 있었다.

다만 그녀는 약속을 지키고 싶었다. 최상의 치아가 있다면 수보리에게 주고 싶었고, 자신의 나약함 때문에 실망한 이를 두 번 실망하게 만들고 싶지는 않았다.

"나는 강한 자보다 약한 자가 더 좋다네. 채워줄 틈이 있는 자를 향해 어찌 향을 피우지 않겠는가? 우리가 염라만큼 그대들을 사랑하는 이유기도 하지."

나호라는 시린이 숨긴 치아엔 진작부터 관심이 없었다. 이곳에 온 이유도 뼈의 기운을 쫓은 게 아닌, 수보리와 연이 닿아 있는 생명체를 쫓았을 뿐이었다. 이 일이 들통난다면 아나율에게 혼이 날지도 몰랐으나 지금은 마음이 가는 대로 행동하는 중이었다.

"제가 약한 자라는 말인가요?"

"강인한 자는 아니잖나."

"이런 얘기 그만 듣고 싶어요. 신물이 나네요."

"인간이 만든 결과는 모두 인간의 몫인데 그대는 아비의 삶에 두 번째 가해자로 살고 있으면서 왜 내게 역정을 내는가?"

나호라의 통찰이 시린의 심기를 확실히 건드렸다.

"뭐라고요? 가해자? 왜 자꾸 그쪽들은 제 단점을 들추시는 거예요? 늘 이렇게 살아왔는데 인제 와서 뭐 어쩌라는 거예요. 저도 단단해지고 싶고, 좋은 선택만 하면서 살고 싶어요. 하지만 여태껏 이렇게 살아도 아무런 도움을 주지 않았잖아요. 의사를 표현할 만한 여건이라도 만들어주시고 그런 말을 해야죠."

이 세계는 완벽한 등가 교환으로 설명되지 않았고, 어떤 것은 가능성을 기반으로 한 게임의 논리로 결정 났다. 시린이 생각하는 인생 또한 그랬다. 참가부터 쉽지 않았다. 어떻게 될지 확신할 수 없는 일에, 행여나 잘못되기라도 했다가는 너무나도 많은 게 엉망이 될지도 모르는 일에 입장권을 내밀고 싶지는 않았다.

나호라가 고개를 끄덕이며 오묘한 표정을 짓더니, 폐기물 함 속 머리가 매끈한 어금니 하나와 굴곡진 어금니 하나를 빛으로 들어 올렸다. 시린은 상대의 꿍꿍이를 알지 못해 바짝 경계했다.

"만약 이 치아들이 되살아난다면, 둘 중 어떤 것이 더 빨리 충치가 되겠는가?"

"그야 당연히 굴곡진 치아죠. 치아 머리에 홈이 깊게 파여 있으면 양치가 덜 될 가능성이 높으니까요."

"그렇다면 어떤 치아가 더 빨리 마모되겠는가?"

머리가 매끈한 치아는 충치가 생길 가능성은 적었지만, 윗어금니와 맞물리기 어려워 비교적 마모의 가능성이 컸다. 음식을 씹을 때 힘이 잘 분산되지 않아 균열이 생기기도 쉬웠다. 절대적으로 유리한 것. 인간은 그런 것을 만드는 재주가 없었다. 시린은 답을 알아도 분위기에 말려들고 싶지 않다는 오기에 입을 다물었다. 나호라는 갸륵해하며 발언했다.

"가시밭길을 걸으면 발은 다쳐도 몸은 앞으로 간다네. 하나 구정물 속에 숨으면 고통이 없어도 악취에 삼켜질 뿐이니, 그대는 차라리 코를 도려내려 하는가?"

시린은 나호라의 질책이 꼭 성격을 바꾸고 마음을
조각하여 이전에 없던 당찬 존재가 되라는 말처럼 느
껴져 숨이 막혔다. 용감한 사람이 되기 위해서 삶을
송두리째 바꿔야 한다면, 시린의 세계에 그런 용감은
차라리 없는 게 나았다. 그 과정이 얼마나 지칠지 가
늠조차 되지 않았으니.

"어떤 상황이 주어졌느냐는 물론 중요하지, 하
나……."

나호라가 소맷자락을 펄럭이며 제 몸을 감쌌고 작
은 나비로 돌아갔다. 희끄무레한 빛 잔상을 남기며 문
틈 사이로 날아간 후에야 그가 남긴 마지막 말이 시
린의 귀에 닿았다.

"마음은 강자만의 것이 아니라네."

○

선임은 하루가 멀다 하고 환자들과 다퉜다. 누군
가와 다투는 행위는 그녀의 일상에 활력을 더하는 양
념 정도로 변질됐다.

"환자분, 기다리시면 대기 번호 불러드릴 건데 자

꾸 데스크로 와서 언제 번호 부르냐고 따져 묻지 좀
마세요."

"참 드세다 드세. 거울을 보고 살아요."

"뭐라고요?"

"심보를 못되게 써먹으니까 얼굴에 심술이 가득
해요."

시린과 관계가 틀어진 수보리는 병원에 직접 등장
하진 않았으나 계약 이행을 위해 도술로 선임을 야단
치는 환자들을 만들어 보냈다. 인간에게 실망을 느껴
버린 수보리의 도술에는 미움이 깃들었다. 그 결과로,
창조된 존재들도 모난 마음을 가졌다. 그들은 선임을
혼내준다는 명목으로 나쁜 말을 일삼았고 선임은 이
에 질세라 격정적으로 싸웠다.

자존심을 굽히는 일은 직장인의 수치요, 무능력의
증거로다. 그녀는 한 발짝도 양보하지 않았다. 결국
말다툼에서 진 가짜 환자들이 손사래를 치며 퇴장했
지만, 어쩐지 그녀 또한 환자들의 말을 오래도록 곱씹
었다.

거울 속 자신의 얼굴은, 그녀가 들은 말이 맞다는
걸 증명하기라도 하듯 낯설게 변해 있었다. 모르는

사람과 얼굴 가죽이 바뀐 건 아닌지 착각이 들었다. '무식하기는! 요즘 세상이 어떤 줄도 모르고 지적을 해?' 먼저 나쁜 말을 한 건 상대라며 가차 없이 비난했으나 상실한 제 안광이 거울 속으로 돌아오지는 않았다.

'태희 쌤은 참 실없이 웃네요.'

윗선임이 있던 시절, 그녀에게도 하루하루를 롤러코스터 위에서 살던 때가 있었다. 일은 어렵고 일상은 고됐으나 내일 무슨 일이 생길지 한 치 앞도 내다볼 수 없어 아주 희미한 설렘이라도 있던 시절이. 금요일엔 구내식당에 돈가스가 나오니 좋은 날이라며 기뻐했던 시절이.

요즘의 그녀에겐 이름마저 잊고 사는 날이 많았다. 피부과에서 리프팅을 받으면 다 괜찮아질 거라는 엉뚱한 자구책을 생각해내다가도, 그것이 근원적 해결 방안이 될 수는 없음을 깨달으면 목덜미가 시큰했다. 밀려오는 울적함은 삶의 기쁨과 보람을 모두 앗아가면서도 엉뚱한 잔여물인 씁쓸함만큼은 남겨놓았다. 서둘러 잊고 싶어 빨간 양념 같은 말들을 잔뜩 쟁여 와 마음 안의 모든 것을 형태 없이 전부 절였다. 한

때는 씻은 배추처럼 반질반질했던 그녀의 모습은 이
제 너무 오래 방치돼 본연의 맛조차 다 잃어버린 상
한 김치 신세였다.

나쁜 사람이 되려고 마음먹었던 적은 단 한 차례
도 없었는데 그녀는 자꾸만 나쁜 사람이 됐다.

언젠가 태희는 타인에게 지나치게 불친절하던 선
임을 보며 '저 사람은 왜 저렇게까지 야박하게 사는
걸까?' 하는 냉소적 의문을 품은 적이 있었다. 그러나
오늘의 태희는 자신이 싫어했던 타인처럼 늙어 있었
다. 친구에게 고민이라도 털어놔볼까 하다가 괜히 징
징거리는 사람이 되기는 싫어 휴대전화를 덮었다. 혹
시나 눈물이 날까 걱정돼 화장실로 도망을 가는 정도
가 그나마 수용 가능한 선택지였다.

환자의 폭언이 잘못된 일임을 알면서도, 그녀는
끝내 자책으로 도피를 마무리했다.

○

태희에게도 무료하지 않은 일정이 생겼다. 모친
이 갑자기 얻어 왔다는 선 자리였는데 평소라면 학을

떼고 거절했을 일이었다. 요즘의 또래들은 선으로 누군가를 만나고 싶어 하지 않았고, 결혼에 환상을 가진 여자들도 더는 이 땅에 없었다. 태희 역시 얼마 전까지만 해도 그중 한 명이었다. 하지만 환자에게 들은 말이 수일 동안 마음에서 공회전했다.

그 말은 태희의 여기저기를 멋대로 헤집으며 균열을 만들었다. 일상을 조금이라도 바꾸지 않으면 공회전은 영원히 끝나지 않을 것만 같았다. 연애라든가 결혼이라든가 하는 통속적 행위를 바라는 게 아니었다. 그녀는 단지 남들처럼 웃고 떠들며 함께 시간을 보낼 타인이 그리웠다.

저녁 메뉴로 나온 콩나물무침이 형편없었다든가, 어제 본 유튜브 영상이 웃기다든가. 그런 쓸모없는 이야기면 충분했다. 그녀의 욕망은 이룰 수 없을 정도로 거창하지 않았다.

태희는 늘 쥐고 있던 불씨를 떠나야 할 시기가 왔음을 자각했다. 오랜만에 본가의 옷장에서 좋아했던 스타일의 옷을 꺼내 입고 외출 준비를 했다.

"엄마가 만든 자리니까 기대는 안 해. 밥만 먹고 올 거니까 그렇게 알아둬."

"나도 잘은 모르는데 사람이 진국이란다."

"뭘 믿고 소개해주는 거야?"

"요 앞 부동산에 가끔 놀러 오는 이모가 알려줬어. 사진을 못 보고 가는 게 흠이지만."

"거봐. 사진도 없다니 안 봐도 뻔하겠지."

큰 기대는 하지 않기로 했다. 엄마뻘 어른들의 안목이라 해봤자 학벌이나 직업 타령밖에 더 되지 않았다. 그들의 기준을 충족하는 인간 중에는 용납할 수 없는 나이 차이를 가진 상대도 있었다. 물론 99개의 빤한 미래가 아닌 단 하나의 예외를 손에 쥘 수도 있었다. 내색은 안 했지만 그 한 개의 미래를 위해 태희는 발걸음을 움직였다.

날씨가 좋았고, 횡단보도는 다가가기만 하면 초록불로 바뀌었다.

'정말로 기대는 안 해. 그냥 친구라도 만들 수 있으면 좋겠어.'

상대는 카페에 먼저 나와 태희를 기다렸다. 메시지로 공유받은 인상착의를 통해 그녀는 창가에 앉은 흰 셔츠의 청년을 단박에 발견했다.

이른 저녁. 아직은 햇살의 어루만짐이 있는 자리.

두 모금밖에 마시지 않은 커피. 성별의 경계가 허물어져 오히려 매력적인 옆모습. 태희는 순간 직감했다. 오늘이야말로 예외를 만날 날일지도 모르겠다고. 섣불리 기대하지 않은 덕에 그녀는 실망감 대신 횡재감을 만끽했다.

"혹시 오늘 소개……."

"네. 태희 씨 맞으신가요?"

상대가 진국인지 아닌지 알아보는 건 어렵지 않았다. 21세기 진국의 세계에서는 호감형 외모가 의외로 배점이 컸으니 얼굴을 확인한 즉시 3초면 파악이 가능했다. 엄마의 호들갑이 사실로 확인된 몇 안 되는 순간이었다.

상대는 태희의 이야기를 경청했다. 둘은 쌍방 미소를 교환하며 호의적인 분위기를 이어갔다. 태희는 분위기가 나쁘지 않다고 확신했고, 들뜬 마음으로 조금 더 편히 이야기를 꺼냈다.

"저는 나리종합병원 치과에서 일해요. 그쪽은요?"

"종교 관련 일을 하고 있어요."

"좋은 일 하시네요."

"태희 씨야말로 좋은 일 하고 계시죠. 치위생사분

들 고생 많이 하시잖아요."

"말도 말아요. 재미있는 얘기 해줄까요?"

태희는 대화를 리드해가면서 유쾌한 인상을 주자고 마음먹었다. 마침 자신 있는 부분이기도 했다. 그동안 병원 생활을 하며 만난 우스운 환자와 얼빠진 후임, 탐욕스러운 과장과 멍텅구리 선배들, 이야깃거리는 얼마든지 있었다. 그녀의 입에서 수년의 시간을 초월해 다양한 사람들이 소환됐다. 황당한 일화, 노여운 일화, 서러운 일화, 가소로운 일화. 입을 열면 자신도 모르게 뜨거운 춤을 췄다. 정신을 차려보면 또다시 불 곁이었다.

태희의 리드 덕에 이야기는 끊길 줄을 몰랐다. 그녀가 자리를 옮기자 제안하여 둘은 근처의 선술집으로 이동했는데, 술자리까지 이어진 이상 오늘의 소개팅은 성공이나 마찬가지였다. '아직 나도 죽지 않았군!' 태희는 자신의 용모와 입담이 건재한 지금을 자랑스러워하며 하이볼 한 잔을 들이켰다.

"병원에서 일하다 보면 별별 진상들을 다 본다니까요."

"지겨울 일이 없겠네요."

"얼마나 재미있는데요! 저는 곤조가 있는 편이라서 그런 사람들 가만 안 둬요. 말싸움으로는 아무도 절 못 이겨요. 제가 사람 보는 눈이 좋아서 생김새만 봐도 관상 파악이 가능하거든요? 척 보면 아는데 얼마 전에는…….."

그녀에게 대화의 목적은 소통에 있지 않았다. 혼자서만 알아도 충분할 비밀 일기장을 강제로 보여주는 동안 잃었던 안광이 살아났다. 인간 군상에 대한 통찰을 뽐내기 위해 허세와 과장을 적절하게 섞은 무용담이 일장 연설로 늘어지는 동안 상대는 눈 하나 깜빡이지 않았다. 빨간불이 켜진 줄도 모르는 스포츠카처럼 말들이 입에서 귀로 질주했다. 심드렁한 표정으로 듣던 시린이 아닌, 오랜만에 눈이 말똥한 상대와 대화를 하니 그녀는 신이 좀 났다.

아침에 뿌린 향수의 향을 저녁이 되어서도 맡게 되는 순간처럼 스스로에게서 뿜어져 나오는 매력을 확인하는 지금이 만족스러웠다.

"태희 씨, 우리 이제 일어날까요?"

"약속 있으신가 봐요."

"아뇨."

상대는 갑자기 자리에서 일어났다. 그는 별말 없이 계산대로 가 식대를 지불했다.

태희도 가방을 챙겨 상대를 따라갔다. 모양새는 빠지지만 이리도 급히 끝내기엔 오늘의 분위기는 틀림없이 좋았다고 믿었다.

"혹시 뭐 문제라도 있었나요?"

"있었죠."

상대가 고개를 돌렸다. 두 눈이 마주치는 순간, 태희는 흐릿한 단 향을 맡았다. 밤하늘이 오늘따라 유독 까맣게 울렁였다. 주변에는 아무도 없었으며 문 닫힌 가게 안에서 흘러나오는 음악 소리까지 마법처럼 멎었다.

"왜 남에게 상처 주는 이야기만 하시나요?"

"제가요? 뭘요? 오늘 저 별말 안 했는데요."

"태희 씨."

"네."

"당신은 뭔가를 좋아할 줄 모르는 사람 같아서 함께 있기 꺼려져요."

부드러운 음색이었다. 만남을 종결짓는 자의 몸체를 타고 빛무리가 번졌다. 그는 태희의 답을 듣지도 않고서 등을 돌렸다. 태희는 웃는 낯에 뺨이라도 맞은 듯이 어안이 벙벙했다.

"왜 저래?"

어처구니가 없었다. 재미있게 다 들어놓고서는 왜 샌님처럼 구는 건지. 상대의 무례함이 그녀의 자존심을 깎았기에 치가 떨렸다. 가방을 힘차게 올려 어깨에 맨 뒤 반대 방향으로 나아갔다.

방어적으로 굴었지만, 사실 그녀는 스스로를 전혀 방어하지 못했다. 웬 선비 같은 녀석에게 잘못 걸려, 안 들어도 될 소리를 들은 셈 치자고 거듭 되뇌었다. 오늘 한 일이라곤 흥을 돋우기 위해 적당히 남 욕을 한 게 전부였다. 만약 듣기 싫었다면 일찍이 듣기 싫다고 말할 의무가 상대에겐 있었고 오늘의 파투는 오직 이 일을 등한시한 상대의 탓이라 여겼다.

그녀는 어째서인지 발이 더 움직여지지 않아 공원 벤치에 풀썩 주저앉았다.

"괜히 사람 찝찝해지게……."

속에서 공회전하던 감정은 여전히 멈추질 않았다. 그녀는 과거 치과에서 자신에게 못살게 굴었던 윗선임들을 떠올렸다. 자존감을 야금야금 갉아먹던 목소리와 눈빛들. 그들 사이에서 술자리 안주가 돼야만 했던 어린 실수들. 그들의 얼굴 위에 스스로의 이목구비가 덧씌워지는 환상이 보였다.

사회 초년생 시절, 한때는 태희도 열의와 친절이 무엇인지 잊지 않고 살던 때가 있었다. 하지만 많은 일이 잘해보고 싶었음에도 잘되지 않았다. 업무가 많았고, 피로했고, 외로웠고, 괴로웠다. 주변인들에게 상냥함을 나눠줬으나 돌아오지 않음에 좌절하여 등을 돌려버리니 상냥의 감각이 증발하여 과거의 모습은 떠오르질 않았다. 그녀는 너무 오래 일을 했고, 너무 오래 고단했고, 너무 오래 혼자였다. 사랑이 대를 이어 내려오는 것이라면 외로움도 대를 이어 내려오는 것. 받은 대로 답습했을 뿐인데 칭찬해주는 이가 없었다. 고압적으로 팔짱을 끼고 타인에게 나쁜 말을 일삼던 사람이 이제는 선배들이 아니라 자신이 됐다. 그녀가 있던 자리에는 어쩔 줄 몰라 하는 시린이 있었다.

태희는 나쁜 사람이 아니었다. 우주는 그녀를 나쁜 사람으로 잉태하지 않았으며 어린 시절의 그녀는 분명 선한 사람이었다. 그런데도 태희는 자꾸만 본래 모습을 잊으려 했고 그럴수록 삶은 더 외로워졌다. 그녀의 가슴 귀퉁이에는 미지근한 것들로 삶의 즐거움을 되찾고 싶다는 서글픈 욕구가 움텄다.

"나도 이렇게 살고 싶지는 않았어."

텁텁한 입안을 다듬기 위해 혀로 앞니를 훑었다. 남의 치아만 보느라 정작 자기 치아는 관리하지 못한 탓에 끝이 모나게 깨진 걸 방치했다.

손거울로 입안을 살폈다. 아주 작은 부분이라 할지라도 바른 모양들 사이에 낀 나쁜 모양은 유독 잘 보였다. 어쩌면 그녀의 치아는, 혹은 다른 어떤 것은, 일부만 다듬으면 원래의 모습을 금방 되찾을 수 있을지도 몰랐다.

○

태희는 시린에게 구내식당이 아닌 브런치 카페에서 점심을 먹자고 제안했다. 시린은 밥을 공짜로 얻어먹을 거란 기쁨보다는 또 그녀에게서 듣고 싶지 않은 가십거리를 들어야 한다는 스트레스에 거절할까 고민했으나 늘 그랬듯이 수락했다.

야외 테라스에 자리를 잡고 둘은 어색하게 메뉴판

만 내려다봤다. 함께 직장 생활을 하면서도 외식을 한 횟수는 손에 꼽았다. 시린이 입사한 날 한 번, 과장의 생일에 또 한 번. 이번이 겨우 세 번째였다. 둘은 늘 한 끼에 6000원인 구내식당 정식을 먹거나 맛있는 음식은 나가서 따로 먹었다. 그러니 태희가 한 끼에 3만 5000원이나 하는 브런치 세트를 주문해주는 건 시린에겐 하늘이 두 쪽 나는 격의 이벤트였다.

'과장이 입단속 잘하라고 돈이라도 찔러줬나 봐.'

오늘따라 유독 우물쭈물하며 음료 빨대를 휘젓는 태희의 모습이 수상했다. 식사 전부터 줄을 잇던 남 욕도 시작되지 않았다. 상대가 평상시답지 않게 굴수록 등허리에 소름이 더 잦게 돋아났다.

한편 태희 역시 불편하긴 마찬가지였다. 할 말이 있어서 비싼 브런치 카페까지 데려오긴 했으나 마음속에 가둬두었던 말을 꺼내려니 도저히 입이 열리질 않았다.

"시린 쌤."

"네."

"내일 취재진 만나서 인터뷰하기로 했다면서요?"

"네에……."

"그거 때문에 마음이 좀 안 좋죠?"

시린이 느끼기에, 대화의 뉘앙스가 강압적이라거나 권위적이지는 않았다. 흐름으로 미루어 보아 앞으로 나올 말이 자신에게 손해가 되진 않으리란 추측이 들었다. 그제야 긴장이 풀렸고, 약간의 기대감이 피어올랐다.

"네! 저 하기 싫어요."

"하지만 과장이 제대로 처리하지 않으면 우리한테 책임을 물을 거라고 했어요."

"그렇군요……."

"제가 해줄게요."

시린이 고개를 번쩍 들어 올렸다. 눈앞에 앉은 여자가 익히 알던 사람이 맞는지 확인할 필요가 있었다. 혹시 이것도 수보리의 도술인 걸까. 아니면 수보리의 경쟁자가 장난을 치는 것일까. 점심시간이라 주변에는 사람이 많았고 모든 음성과 형상 또한 실재였다. 이 순간만큼은 현실이 확실했다.

"인터뷰를 쌤이 해주신다고요?"

"네."

"저더러 알아서 처리하라고 하셨잖아요?"

"그랬죠."

태희는 여전히 시린을 쳐다보지 않았고 쑥스러운지 빨대만 만지작거렸다.

"내가 선임이잖아요."

시린은 창문 밖에 펼쳐진 하늘을 재차 확인했다. 두 쪽 나지 않았다.

태희는 인터뷰를 억지로 떠맡겨 미안했다는 말은 끝내 하지 못했으나 먼 길을 빙빙 돌아가 할 수 있는 최선의 배려를 수행했다.

정작 시린은 믿기 어려웠다. 늘 나쁘기만 한 사람이었는데, 무슨 이유인지는 모르겠지만 자신에게 호의를 베풀고 있었다. 언제부터 원수가 아니라 한편이었을까. 바라던 제안이라며 당장 그 말을 받아들이려던 찰나, 수보리와 나호라가 했던 말들이 떠올랐다. 샤워를 할 때마다 귀를 세 번은 박박 문질러 씻었지만 그런 말들은 머릿속에 들어올 때 천근추를 달고 와 쉽게 떨쳐지질 않았다.

태희가 그랬던 것처럼 시린 역시 공연히 빨대만 휘적거리며 테이블을 바라보았다. 대답을 고민하면서도 알고 있었다. 지금 제안을 거절하면 안전한 일상이

뒤흔들리고, 지켜왔던 것을 다 잃을지도 몰랐다. 시린
은 불태우는 법을 배운 적이 없었다. 늘 그렇듯 물가에
서 조약돌을 던지며 사는 게 좋았는데, 그 물가에 천근
추의 말들이 떨어졌으니 평화롭던 물도 범람하여 모
두 달아나버렸다. 시린은 대답을 망설이며 고민했다.

점원이 브런치 세트를 테이블에 내려놓았다. 둘은
어색한 침묵 속에서 각자의 접시에 음식을 덜었다. 비
싼 값을 하는 브런치는 맛이 좋았고 오전의 스트레스
를 덜어주기에 충분했다. 입안에서 덩어리진 것들을
으깨 씹는 동안 백색 소음만 둘 사이를 횡단했다.

"인터뷰는 그냥 제가 할게요."

한참의 침묵 끝에 시린이 내린 결정이었다.

"내가 해주겠다니까요?"

"제가 해야 할 일 같아서 그래요. 대신 솔직하게
할 거예요."

"과장이 시킨 대로 안 하고요?"

"저희 아빠 치아까지 발치했으니까……."

"정작 당일에는 아무 말도 안 했으면서?"

"그러니까요."

쉽지 않은 결정이었지만 한번 결심하니 조금은 개

운했다.

"그때 못 했으니까 이제라도 말하려고요."

태희는 늦게라도 낸 용기를 잃고 싶지 않아 시린을 거듭 만류했으나 시린 또한 완강했다. 오늘의 태희가 시린에게 낯선 사람이었듯이 오늘의 시린도 태희에게 낯설었다.

"제가 떳떳하려고 그래요."

시린이 웃으며 말하기에 맥이 빠진 태희는 더 말리지 않았다. 다만 곤란한 질문을 받거나 결과가 나빠질 것 같으면 언제든지 연락하라며 배려했다. 시린의 손이라도 잡아줄까 고민하다가 도저히 그 어색한 일까지는 용기가 나지 않아, 혼자 아껴 먹으려고 숨겨뒀던 초콜릿 하나를 가방에서 꺼내 건넸다.

딱 그 정도의 호의. 엄지손가락 크기의 마음임에도 시린의 두려움은 한 꺼풀 벗겨졌다.

○

인터뷰에서 시린은 알고 있던 사실을 전부 폭로했다. 과장이 병원장에게 매출 증대를 요구받았고, 이를 달성할 시 외제차를 지급받기로 한 사실부터 환자들이 고비용 진료를 거절하면 멋대로 발치를 해 응징했다는 사실. 그 와중에 쉽게 고소하지 못하리라 판단되는 약자들을 골라서 악행을 저지른 교활함까지. 그녀는 업무용 채팅방에 과장이 전송했던 메시지들을 취재진에게 보여주었다. 말투, 차림새, 거주지, 풍채. 그의 세상에는 사소한 것 하나마다 계단이 설치되어 있어 늘 본인만 위에 있고 상대는 아래에 있었다.

취재진은 이를 프로그램에 적극 반영했다. '치위생사의 양심 고백'이라는 제목을 달고 그 방송은 멀리까지 날아갔다. 당사자인 과장의 귀에 닿았고, 그는 노발대발하여 취재진과 시린을 명예훼손으로 고소했다. 시린은 진실을 외면하지 않은 대가로 송사에 휘말렸으며 직장에서 과장과 분리되지 못한 채 계속 마주해야만 했다. 환자가 없는 시간에 과장은 시린에게 보란 듯이 기구를 집어 던지며 분풀이를 하기도 했다.

그토록 피하고 싶었던 결과였다.

상황이 복잡해졌다고 한들 개인 치과가 아닌 이상 마음대로 휴과를 하지는 못했다. 과장은 행여나 병원장이 이 사실을 알고 본인을 꾸짖을까 봐 노심초사했다. 수많은 직원에게 자신이야말로 억울한 누명을 쓴 피해자라며 입단속을 했고, 취재진이 찾아오는 족족 경찰을 불러 통제했다.

"이시린 씨, 증거도 없으면서 헛소리하고 다닌 거 천벌받을 겁니다. 짐이나 미리 싸두세요. 당신 무조건 잘리니까."

과장에겐 힘이 있었다. 콧김으로 시린 정도는 얼마든지 자를 수 있었다. 연말까지 버텨 아버지에게 무시당하지 않는 딸이 되겠다던 시린의 의지는 그 힘에 비하면 하찮았다. 태희는 시린을 위해 데스크에 휴지와 물티슈를 잔뜩 올려두었다. 그녀 또한 과장의 횡포 앞에서 할 수 있는 일이 없었고 눈앞의 상황을 보고도 한 발짝 더 용기를 내기는 어려웠지만 마음먹었던 호의라도 퇴색시키지 않고자 최소한의 노력을 이어 갔다. 시린은 그녀의 행동을 존중했다.

수보리는 여전히 시린을 찾아오지 않았다. 가장 지켜줘야 할 상황이 펼쳐졌는데 무얼 하고 있는지, 시린은 그가 야속했다. 동시에 그의 실망을 본인이 자초했음을 알기에 이대로 수긍하자는 마음이 들기도 했다.

앞으로는 스스로 헤쳐나가야만 했다. 그것이 싫고

무섭고 내키지 않아도, 이제는 그래야만 했다.

일단 과장의 과잉 진료 증거를 찾아야 했다. 채팅방 메시지를 공개하는 일로는 부족했다. 의사는 시린이 아닌 과장이므로 그가 '마땅히 필요한 진료라고 판단돼서 진행했다'라고 하면 더 할 말이 없었다. 그 말이 거짓이라는 걸 증명할 객관적 자료가 필요했다.

소식을 들은 만정이 시린을 찾았다. 둘은 보관소에서 밀담을 나누었다.

"시린 쌤, 치과 뒤집어졌다면서요."

"저는 곧 잘릴 거예요. 쌤이라도 최상의 뼈를 찾길 바랄게요."

"사실 제가 알려주고 싶은 게 있어서요."

만정이 목소리를 낮추고 입 주변을 손으로 빙 둘러 감쌌다.

"여기에서 이상한 일 하는 사람, 시린 쌤이랑 저뿐만이 아니에요. 제가 혼난 후에 늘 여기서 몰래 울었으니까 종종 봤지요."

"누가 또 있었어요?"

"같이 일하시는 치위생사 쌤이 며칠 전에 뭔가를 챙기는 걸 봤어요. 그리고 과장님한테 가던데요."

시린은 얼마 전 소리 소문 없이 사라진 치아 하나
를 떠올렸다.

임플란트

사람들이 쉽사리 도넛을 떠올리지 않는 금요일 저녁.
시린의 아버지는 발치를 한 후 도통 식사를 하지 못
했다. 소중함이란 있을 때가 아니라 잃고 나서야 알게
된다더니 어금니가 딱 그랬다. 무른 음식 위주로 먹었
으나 잇몸까지 상한 건지 자주 시큰거렸고, 영양 섭취
가 부족해지니 몸 전반의 컨디션도 나빠졌다. 그는 모
바일 앱으로 통장 잔고만 바라보다 장사를 일찍 마감
했다.

과장이 제안했던 임플란트 금액은 120만 원이었
다. 그 돈이면 언젠가 딸이 결혼할 때 요즘 젊은 부부
들이 많이 산다는, 옆으로 널찍한 TV를 한 대 사줄
수 있었다. 도넛을 판 돈으로 어금니를 사다가 끼우는
일은 그에게 고려 가능한 선택지가 아니었다.

일찍 도착한 집에서 그를 반기는 건 발바닥 털이
꼬질꼬질해진 몰티즈 한 마리뿐이었다.

"아이고, 솜아. 오늘은 아빠가 아파서 일찍 왔다."

딸이 없으니 실컷 앓는 소리를 하며 소파에 벌러
덩 드러눕는데, 리모컨을 쥐자마자 눈알이 빠져나갈
뻔했다. 옆으로 넓찍하지도 않아 답답한 TV에서 딸
애와 똑같은 여자가 나오고 있는 것이 아닌가. 얼굴이
모자이크 처리돼 있어도 아비 된 자는 단박에 알아보
았다. 무려 의사의 부정을 고발하는 딸의 목소리가 당
차다 못해 되바라지기까지 했다.

작은 TV를 넘어 벽 한쪽을 꽉 채울 듯한 그 의로
운 모습에 식은땀이 비질비질 흘렀다. 끙끙거리는 개
의 등살을 주무르다가 메두사 머리라도 본 듯 그는
굳었다. 분명 몸이 아파서 일찍 퇴근한 것인데, 지금
은 심장이 더 아팠다.

대체 얌전한 딸애가 저 위험한 방송 속에 왜 있단
말인가.

타이밍 좋게 도어록 키패드 소리가 났고, 솜이를
제외한 단 하나뿐인 그의 가족이 입장했다. 개는 눈치
없이 시린에게로 뽀르르 달려가 튀어 올랐다.

"너 저게 뭐냐?"

부친이 리모컨으로 가리킨 화면 속에 시린이 모를

리 없는 장면들이 나오고 있었다.

"그냥 그렇게 됐어."

부녀 사이에는 늘 많은 생략이 있었다. 때때로 그 생략은 서로를 귀찮게 만들지 않고, 불필요한 책임감을 덜어주려는 독단적 이타심이었다. 안타깝게도 지금은 생략의 힘이 발휘되는 순간이 아니었다.

"내가 괜찮다고 했잖아! 왜 쓸데없는 짓을 해. 저런 거 나오면 나중에 시집은 어떻게 가? 너 결혼은!"

"갑자기 웬 결혼 타령이야."

"당장 방송 내려달라고 해. 너 나중에 결혼할 때 저런 드센 모습을……."

"그러는 아빠도 이혼했잖아."

부친은 훅 들어온 촌철살인 발언에 잠깐 할 말을 잃었다.

"아빠랑 상관없어. 난 있는 그대로 말했을 뿐이야."

"저런 인터뷰를 하고도 계속 출근할 수 있어?"

시린은 망아지처럼 펄떡거리는 솜이만 주무르며 시선을 회피했다.

"이직할 거야."

"나가래?"

"고발 프로그램에 나갔으니까, 직장에서도 나가야 겠지."

부친이 리모컨을 소파로 집어 던졌다. 화가 단단 히 났다는 건, 리모컨의 건전지 덮개가 소파와 부딪치 며 튀어 오르는 장면으로 모두 설명이 됐다. 눈치 없 던 솜이마저도 헥헥거림을 멈췄다.

"대체 넌 왜 한 직장에 진득하게 다니질 못하니? 내가 너한테 대단한 걸 바라니? 그냥 다른 집 자식들 처럼 안정적으로 살라는데 왜 그걸 못 해! 네가 그렇 게 잘났어? 이 직장 저 직장 다 때려치우고 아무 데나 다닐 수 있을 정도로 잘났느냐고!"

부친이 단전에 힘을 주고 복식 호흡으로 역정을 끌어다 뱉었다. 그 우렁찬 힐난에는 다른 마음이 숨어 있었다. 그는 딸이 또 직장에서 일할 수 없게 된 것이 원통했고 실은 이렇게 말하고 싶었다.

네가 남들과 다르지 않게 살았으면 좋겠다. 이왕 이면 걱정 없이, 적은 돈이라도 괜찮으니 다음 달에 는 휴가를 상상하고, 친구와 여행을 궁리하고, 맛있는 것을 사 먹고, 사람들과 부대낄 수 있는 곳에 있었으 면 한다. 꼬박꼬박 들어오는 안정적인 월급을 발판 삼아 좋은 짝을 찾고, 너를 외롭지 않게 할 가정을 만들고, 소소한 고민과 금방 해결될 걱정들만 곁에 두었으면. 나처럼 힘들게 장사하지 말고, 내일을 불안해하지도 말며, 일찍 혼자가 되어 부끄러웠던 나처럼 쓸쓸하지도 않게, 너와 나를 떠난 아내의 빈자리가 느껴지지 않게끔, 정말로 평범하게 잘 살았으면 해.

설탕을 묻힐 줄만 알았지 삼킬 줄 몰랐던 그는 진심을 티끌만큼도 표현하지 못했다.

"왜 항상 제멋대로 굴어!"

시린은 이럴 줄 알고 있었다. 용기를 내 불의에 맞서봤자 아무도 응원해주지 않았다. 회사가 싫어도, 일상이 고단해도, 결국 돈, 돈, 돈. 그놈의 안정 타령에 모든 마음이 평가절하당했다.

평생을 평범하게 살아왔다. 어떻게 여기서 더 평범해질 수 있단 말인가. 또한 그 평범함의 대가로 시린은 본 것도 보지 않은 척해야만 하는 불의를 맞닥뜨렸다. 비겁한 평화주의자로 살라 압박하는 부친이 실은 자신을 걱정해서 그런다는 걸 어렴풋이 알았지만, 그 아비의 그 딸이므로 장황히 펼쳐지는 마음을 꺼내지 못했다.

"아빠가 한 번이라도 내 상황을 생각한 적은 있어?"

"이게 또 말대꾸!"

"내가 왜 아빠가 시키는 대로 살아야 해?"

"다 너 잘되라고 그러는 거잖아. 내가 언제 나쁜 일을 시키던?"

"나빠. 나쁘다고!"

둘 사이에서 자리를 잡지 못한 솜이가 겁을 먹고 소파 밑으로 기어 들어갔다.

"회사 다니기 싫어. 1년은 버텨야지 그럴듯한 사회인이라는 말도 싫어. 하고 싶은 일이 없어도 한 번쯤은 내 멋대로 살아보고 싶어. 그리고 내가 왜 인터뷰를 했는지 알지도 못하면서⋯⋯."

부친은 적잖이 놀랐다. 화를 내면 입을 꾹 다물고 닭똥 같은 눈물만 흘리던 딸이 언제 이렇게 커서는, 눈을 부라리고 말대꾸하는 어른이 됐을까. 또 언제 이렇게 커서는, 가늠하지 못할 마음을 가진 하나의 사람이 된 걸까. 이제 막 걸음마를 떼던 어린 딸애의 모습과 처음 교복을 입던 모습. 가게에서 도넛을 주물럭거리며 깔깔대던 모습. 딸애의 모든 순간이 오래된 무성

영화처럼 스쳐 지나갔다.

화가 나면서도 측은하고, 미안하면서도 용서가 안 됐다. 자식의 마음을 있는 그대로 보아야 하는 순간은 부모에게 언제나 시련이었다.

헷갈리는 와중에 한 가지 분명했던 것은.

"이제 내 인생에 신경 꺼!"

현관문을 쾅 닫고 나간 딸애의 등이 다 늙은 자신의 것과 다름없어 보였다는 점이다.

○

시린의 주머니에 든 것은 단 두 가지뿐이었다. 휴대전화와 카드.

"중요한 건 다 있네."

급한 와중에도 인생을 다 챙기긴 했다. 이제 푸념을 들어줄 친구만 구하면 됐다. 시린은 연락처를 뒤적거리며 전화할 만한 상대를 물색했다.

얼마 전 청첩장을 준 친구는 한창 결혼 준비로 바쁘니 제외했다. 대기업에 입사해 하루하루 보람차게 살고 있는 친구라면 야근을 할 것 같으니 제외했다.

퇴근 후에 자기 계발을 한다는 친구는 괜히 연락하면 방해하는 모양새라 제외했다. 누구에게도 민폐가 되고 싶지 않아 멋대로 배려하다 보니 부를 사람은 단한 명도 남지 않았다.

"이런 걸 헛살았다고 하는 걸까?"

마음이 착잡했다. 더 기분이 좋지 않은 것은 갈 곳도 없다는 점이었다. 시린은 자신도 모르게 나리종합병원으로 향했다.

몸이 기억하는 회귀 본능이 불쾌했으나 병원 근처카페에라도 가 있자는 생각에 발걸음을 옮겼다. 부친에게 큰소리를 떵떵 치고 나왔는데 적어도 자정까지는 밖에 있어야 돌아가는 발걸음이 덜 머쓱했다.

— 쌤 별일 없죠?

태희에게서 문자 한 통이 도착했다. 퇴근 후에 연락하는 건 업무적으로도 손에 꼽는 일이었고, 업무 외적으로라면 단 한 번도 없었다. 별일이 있어도 공유하는 사이가 아니거니와 별일이 있는지조차 묻지 않는사이였다.

시린은 아직 눈물이 마르지 않은 눈두덩이를 손가락으로 직신거리며 만정에게 들은 얘기를 떠올렸다.

최악의 모습으로 마무리되는 저녁이었지만, 끝내버리기엔 아직 시간이 있었다.

— 저 지금 병원 근처인데 혹시 어디세요?

문자를 보내고 오래 지나지 않아 태희에게서 나리동에 머물고 있다는 답이 도착했다. 시린은 걸음 속도를 높였다. 머리 위에 뜬 달이 또랑또랑 빛났다.

○

퇴근 시간이 되면 점심시간만 기다렸던 고등학생처럼 자리를 박차고 날아가던 태희는 어째서인지 귀가하지 않았다. 카페에서 청포도 타르트 하나를 앞에 둔 채 시린을 기다리고 있었다.

"왜 집에 안 갔어요?"

둘이 서로에게 똑같이 묻고 싶은 말이었으나 이번에 먼저 입을 연 사람은 시린이었다. 태희는 포크로 타르트를 깔끔히 절단하고는 입가로 가져갔다.

"보수공사 때문에 도로가 통제됐대요. 버스는 한시간 뒤에야 운영한다네요."

"택시 타고 우회해서 가면 되잖아요."

"오늘따라 날씨가 좋고, 바람도 선선해서요."

시린이 아는 태희는 '워라밸'을 칼같이 사수하는 영리한 현대인이었다. 매일 정시 퇴근하는 맛으로 출근하는 줄 알았는데 그런 사람도 마음이 뒤숭숭하여 집에 가고 싶지 않은 날이 있는 건지 의아했다. 어찌 됐건 물을 게 있는 시린에게는 잘된 일이었다.

"시린 쌤은 왜 집에 안 갔어요?"

아빠랑 싸워서 나왔어요, 라는 말보다는 해야 할 일이 있어서요, 쪽이 좀 더 어른스럽다고 그녀는 판단했다.

태희는 할 말이 무엇이냐 물었고 타르트를 한 조각 더 베어 물었다. 시린은 타르트가 야금야금 먹히는 모습을 보며 이등변 삼각형의 절반이 사라지기 전에 운을 떼야 한다고 결심했다.

"선생님, 혹시 폐기물을 다른 곳으로 반출하신 적 있으세요?"

"누가 그래요?"

태희의 표정이 살짝 일그러졌다. 자연스럽지 못한 반응이었다. 시린은 만정의 말이 사실이라는 확신이 들었다.

하지만 사실일지라도 다짜고짜 묻는 것은 당연하지 않았다. 상대가 솔직하게 말해줄 거란 보장이 없거니와 겨우 선임과 우호적인 관계가 됐는데 갑자기 어떠한 일의 자초지종을 물었다간 사이가 틀어질지도 모르므로.

한 조각 더 먹힌 삼각형 타르트의 남은 면적은 정확히 절반이었다.

"최소한 한 번은 있지 않으신가 싶어서요."

"갑자기 그런 건 왜 물어요? 누가 그랬냐니까요."

"제가 반출함에 넣지 않고 빼놓은 치아가 사라져서요."

"뽑은 치아는 세균 덩어리인데 왜 그걸 가져가겠어요? 무슨 말을 들었기에 저를 의심하는 거예요? 이게 지금 상황이랑 무슨 상관이 있고요."

"만약 과장에게 줬다면 상관이 있을지도 모르죠."

태희가 타르트에 꽂으려던 포크를 놓았다. 불편한 기색이 역력했다.

만정이 잘못 봤을지도 몰랐다. 어쩌면 시린을 교란하고자 거짓말을 했을 수도 있다. 하지만 시린이 생각하기에 만정은 그 정도로 나빠 보이진 않았다. 문득 그런 생각이 들었다. 더 고민한다고 뭐가 달라지나. 이미 직장은 잘릴 위기에 놓였고 따져보면 정체불명의 초인과 계약한 순간부터 삶은 본래의 궤도를 이탈했다.

　그녀는 에라 모르겠다 싶었다.

　"과장한테 그 페치아 준 거 맞죠?"

　"내가 그걸 왜 주겠어요?'

　"저도 모르니까 지금 여쭤보지요. 으하하하."

　"지금 웃어요?"

　"하하."

　"웃겨요?"

　"이상하네, 자꾸 웃음이 나요."

　태희가 시린을 쏘아봤다. 진지한 얼굴로 캐물을 때는 언제고 눈앞의 시린은 갑자기 바람 빠진 풍선처럼 훅훅거리며 웃어댔다. 처음에는 장난을 치는가 싶었는데 계속 히죽대는 얼굴을 보고 있자니 어처구니가 없어서 본인도 헛웃음이 나왔다.

　시린 또한 스스로가 왜 웃는지 이해가 되지 않았다. 진실로 상황이 웃겨서 웃는 건지, 민망해서 웃음으로 때우고 있는 건지, 달아나고 싶어 웃는지. 종잡을 수 없었다. 이상한 향기 때문에 코가 간질거려 웃음이 나는 것 같기도 했다.

"왜 웃는지 이해가 안 되네."

"마지막까지 이 치과의 똥을 제가 치우고 간다는 게 웃기지 않아요?"

시린의 예상대로, 과장은 어떻게든 시린을 쫓아낼 가능성이 컸다. 태희가 바보처럼 실실거리는 후임과 대화를 나누는 일은 오늘이 마지막일지도 몰랐다. 또한 태희는 도움이 필요하면 부탁하라고 했던 스스로의 말을 잊지 않았다.

"사실 과장에게 지시받은 게 있기는 해요."

"뭔가 있는 거죠?"

"미리 일러두자면, 나도 내 선임한테서 물려받은 일이에요. 시키는 대로 했다는 뜻이에요."

"알겠어요."

"과장이 그랬어요. 발치한 치아 중에 예쁘고 튼튼한 건 다시 가져오라고."

둘은 서로 똑같은 일을 하고 있었다. 나리종합병원의 보안 규정상 진료실에는 CCTV가 설치돼 있어 폐기한 치아를 따로 챙기는 행동을 했다간 탈이 날 수 있었다. 반면 폐기물 보관소에는 CCTV가 없었다. 태희는 과장의 요청에 따라 폐기하는 척 보관소로 가 치아를 몰래 회수했고, 다른 물건인 척 과장실의 개인 사물함에 도로 넣었다.

요청에 응하지 않았다면 아마 시린의 선임은 태희가 아니었을 것이다. 태희는 권고 사직당한 선임에게 그 일을 인계받으며, 비밀스러운 임무를 잘 수행해야만 평탄한 직장 생활을 지키리란 걸 눈치챘다. '돈을 훔치는 일도 아닌데 상관없겠지.' 그러한 생각들로 만든 워라밸이 현재까지 이어진 셈이었다.

"이유가 뭔진 나도 몰라요. 페티시라도 있나 보죠."

"그 치아들은 다 어디에 있어요?"

"과장실 사물함 속 금색 통에 모아놔요. 꽉 채우면 집으로 가져가더라고요."

발치된 치아를 수집한다는 점이 과장의 과잉 진료를 증명하는 단서가 되진 못하겠지만 다분히 수상했다. 수보리는 염라에게 이식하기 위해 치아를 요구했으나 과장은 인간이었다. 그가 16나한일 리는 없었고, 다른 나한이 심성이 악한 과장과 계약했을 리도 없었다. 그는 대체 왜 치아를 모았단 말인가.

"혹시 그 금색 통요. 지금 보러 갈 수 있을까요?"

"지금요?"

시린이 손가락으로 카페 창밖의 병원을 가리켰다. 퇴근했지만 그들은 직원이었고, 병원 문은 아직 열려 있었다.

"잘리기 전 마지막 부탁이에요."

태희가 답 대신 뜸을 들이며 남아 있는 타르트를 마저 먹었다. 수락하면 곤란해질 요청이라 마냥 시린의 편을 들어주긴 어려웠다. 그러나 거절의 난이도와 무관하게 못 이긴 척 고개를 끄덕이고 싶다는 생각이 강했다. 그것은 판단이라기보다 충동에 가까웠고, 동시에 사려이기도 한 오묘한 마음이었다. 하는 수 없이 시린을 데리고 병원으로 가야겠다 다짐했을 때, 그녀는 오랜만에 누군가에게 필요한 사람이 됐다는 효능감을 느꼈다.

둘은 카페를 나섰다.

"시린 쌤, 근데 말이에요."

"네."

"거리에서 웬 간질거리는 향이 나지 않아요?"

시린이 고개를 젖혀 가로등 헤드로 가려지지 않는

밤하늘을 올려보았다. 콧구멍을 멋대로 드나드는 묘한 기운이 명치께까지 어른거렸다. 달이 밝아 두근거리는구나, 모험을 앞둔 정의의 기사라도 된 듯 철딱서니 없는 흥분을 간신히 감추었다.

○

불 꺼진 치과에 다시 들어가도 이상하지 않은 존재. 두 치위생사가 태연히 진료실 문을 열었다. 놔두고 온 게 있다고 말하니 이미 둘이 직원임을 알고 있는 보안요원도 의심하지 않았다. 멸균 장갑을 낀 두치위생사가 주변을 살폈다. 그 어떤 진상 환자도 진료받지 못하는 시간이었다. 비록 상황은 엄중했으나, 둘은 직장에서 탐정 행세를 하는 게 우습기도 하고 짜릿하기도 했다. 그 천연덕스러운 설렘을 감추기 위해진지한 얼굴을 유지했다.

태희는 늘 하던 대로 과장의 책상 수납장 가장 아래 칸을 지키고 있는 자물쇠를 풀었다. 그 안에는 작은 금색 통이 있었다.

"놀라지 말아요."

통을 열어 쏟아내니 태희의 말대로 발치된 치아들
이 와르르 쏟아졌다. 과장은 하나씩 가져가는 일을 번
거로워했기에 통이 가득 차면 집으로 가져갔고, 현재
는 70퍼센트 정도 채워져 있었다. 발치를 밥 먹듯이
권했던 이유는 매출 증대뿐 아니라 통을 채우기 위함
이기도 했다.

시린이 찾던 치아 또한 그 안에 있었다. 시린은 그
치아를 손바닥 위에 올려놓고 한참을 보았다. 갓 발치
됐을 때보다는 상태가 좋지 못했다.

"과장이 며칠 전에 점찍어놨던 치아였는데 시린
쌤이 폐기해서 얼마나 당황했는지 몰라요. 다행히 보
관소에 이 치아가 따로 있더라고요. 함에 넣는 걸 깜
빡했나요?"

"아뇨. 일부러 빼놨어요."

"일부러요?"

"괜찮으시다면 제가 가져갈게요. 주인이 찾고 있
어서요."

"그 치아 주인이라면 10대인데 아는 사이예요?"

"아, 사실 진짜 주인은 아닌데…… 환자 나이를 어
떻게 기억하세요?"

"빨간색 점은 주인이 미성년자라는 뜻이에요."

바닥에 뿌려진 치아들에는 전부 점 표식이 있었고, 몇 가지 색상으로 분류가 가능했다.

"그럼 이 점들이 주인의 나이를 의미하는 거예요?"

"그거 말고도 뭔가를 늘 기록해두던데요."

매서운 촉이 시린의 머릿속을 송곳처럼 찔렀다. 과장은 진료가 끝나면 차트 외 별도의 노트에 항상 성실히 기록했다. 관심이 없어 대수롭지 않게 여겼는데, 눈앞에 펼쳐진 치아들을 보니 또 다른 비밀이 있으리란 확신이 들었다.

시린이 수납장의 모든 칸을 열어보려 했다. 필기구가 든 맨 위 칸을 제외하고 남은 한 칸에도 자물쇠가 채워져 있었다.

"두 번째 칸 비밀번호는 모르시는 거죠?"

"네. 저는 통을 넣어둔 맨 아래 칸만 열 수 있어요."

"혹시 맨 아래 칸의 비밀번호는 뭔가요?"

"과장의 입사 날짜요. 원래는 자기 생일이었는데 너무 허술한 비밀번호라 한 번 바꿨지요. 자기를 끔

찍이 아끼는 놈이라 그런지 늘 본인과 관련된 숫자로
설정하더라고요."

시린은 과장에 대해 잘 알지 못했다. 그의 생일이
며칠이었는지, 입사 날짜가 언제인지 알고 있을 리가
없었다. 그런 시린이 과장에게 의미가 있을 만한 네
자릿수를 떠올릴 가능성은 희박했다.

"개인 서류만 있을 거예요. 보안요원이 또 오기 전
에 이제 가요."

태희는 슬슬 간이 오그라드는지 시린을 재촉했다.
반면 시린은 이대로 가고 싶지 않았다. 퇴근 후 직장
상사의 물건을 뒤져보는 일은 처음이기도 하거니와
앞으로 살면서 두 번 다시 하지 못할 짓이었다. 이왕
저질렀으니 탐정 시늉도 제대로 해야 하지 않나. 도움
이 될 만한 건 뭐라도 찾고 싶었다.

수납장 앞에 쪼그리고 앉아 과장을 상상했다. 음
흉한 꿈을 꾸며 자물쇠에 부여한 숫자 네 개가 무엇
일지, 이기적인 그의 백색 가운 뒤를 찬찬히 밟아가며
연상했다. 이곳에서 나지성이라는 존재를 설명할 수
있을 만한 숫자 네 개는 무엇일까. 앞머리 사이로 손가
락을 넣어 이마를 매만지니 어떤 숫자가 어른거렸다.

"8416!"

시린은 과장이 틈만 나면 들여다보던 BMW7 시리즈의 신모델 번호를 입력했다. 탐욕을 숨겨뒀던 자물쇠가 입을 헤벌쭉 벌렸고, 그 틈 너머로 손때를 많이 탄 노트 한 권이 보였다. 표지에는 '진료 기록'이라고 적혀 있었지만 아무리 봐도 공식 차트는 아니었다.

박시은(010419): 생긴 건 괜찮은데 말하는 건 싸가지가 없다. 매복 사랑니라는 핑계로 아프게 뽑아줬다. 치아가 주인을 닮았다.

오창석(910209): 돈도 없는 주제에 말이 많아. 아직 더 쓸 만했지만 괘씸해서 뽑아버렸다. 무식해서 고소도 못 할 것이다.

임솔아(890813): 전 애인 닮음. 마음 같아선 앞니를 뽑아버리고 싶은데…… 언젠가 앞니가 썩길 바란다. 꼴 보기 싫어서 대충 지혈하고 보냈다.

주수현(061121): 갓차! 오늘 운 좋다. 어린애들 어금니 뽑는 게 가장 설렌다니까. 평생 내가 만든 구멍을 갖고 살겠지. 누가 관리 안 하고 썩게 두래? 발치할 이유를 만든 건 내가 아니라 귀여운 수현이 너란다.

수십 페이지에 걸쳐 환자들을 향한 이상한 평가가 이어졌다. 넘기고 또 넘겨도 오로지 추잡스러운 글들뿐이었다. 활자 하나하나 정성 들여 볼펜으로 꾹꾹 눌러쓴 조롱에 시린은 욕지기가 솟았다.

"심각하네, 사이코 자식."

검지로 환자들의 이름을 마저 훑었다. 과거부터 이어지는 기록들이 현재에 도달하는 지점. 불안함이 고조됐다. 머지않아 익숙한 이름이 보였다.

이규태(650317): 뭘 처먹고 다니는지 많이도 썩었어. 철없이 디저트라도 입에 달고 사나 봐? 임플란트할 돈이 없다고 징징거리는 꼴이 보기 싫어 최대한 아프게 발치했다. 이런 놈들처럼 늙고 싶지 않네.

아랫입술을 꾹 깨물고 침착하게 심호흡했다. 물처럼 고요한 그녀는 본인의 장기인 침착한 판단을 잃지 않았고 차분히 노트를 덮어 쇼핑백에 담았다. 이 노트는 과장의 과잉 진료를 고발할 증거였으며, 인간 나지성을 향한 시린의 분노가 옳았음을 증명하기에 충분했다. 괜찮냐고 묻는 태희에게 시린은 오히려 밝게 웃으며 대답했다. 이제 혼자서 잘릴 일은 없다고.

둘은 아무렇지 않은 척 병원 문을 나섰다. 난생처음 해보는 2차 퇴근이었다.

"이제 어떡할 셈이에요?"

"범죄자는 집이 따로 있으니 거기로 보내줘야죠."

시린은 주머니 속, 미니 지퍼백에 담아 온 치아를 만지작거렸다. 꽃 한 송이 없는 밤거리에는 어느새 정체 모를 향이 이상하리만치 짙어졌고 시린은 향의 주인이 기다리고 있으리라 믿어 의심치 않았다.

"시린 쌤, 근데 제가 폐치아 반출했단 거, 대체 누가 알려준 거예요?"

"obgy 오만정 쌤이요. 이건 비밀로 해주세요."

"오만정?"

"네. 신입인데 그분이 봤다고 했거든요."

"올해 obgy에는 신입 티오가 없었는데요?"

멀리서 태희가 탈 버스가 진입하고 있었다.

"없는 사람 이름을 지어낼 정도로 비밀이란 거예요? 그럼 어쩔 수 없죠. 아무튼 내일 봐요."

버스를 놓치지 않기 위해 잰걸음으로 멀어지는 태희의 뒷모습을 바라보며 시린은 고개를 갸웃거렸다.

인스타그램에 접속하여 팔로잉 목록을 확인해봤지만 만정의 계정은 찾을 수 없었다. 며칠 전에 소심히 찍어둔 좋아요 하나도, 꿈을 키워가던 누군가의 성실함도 온데간데없이 사라졌다. 마치 처음부터 존재한 적이 없었다는 듯.

"내게 줄 것을 찾았나 보군."

그때 떠난 줄 알았던 목소리가 나타났다. 시린이 고개를 돌리자 어둠 속에서 노인 한 명이 등장했다.

"올 줄 알고 있었어요."

"온다고 말한 적은 없었는데."

"우리 계약은 아직 유효하잖아요. 거리에서 신기한 향냄새도 나고."

수보리가 도포 자락을 펄럭거리며 냄새를 맡았다. 그의 등장과 함께 향기가 양분됐다. 그 말은, 원래 있던 향은 수보리의 것이 아니라는 의미이기도 했다. 가로수의 잎이 싱그러우니 어쩌면 이 향은 누군가의 몫이 아닌 자연의 몫, 수보리는 추측을 삼가고 거리에 피어난 나무들을 응시했다.

그는 시린에게 실망한 후로 직접 앞에 나타나지는 않았으나 그녀의 행동은 모두 살폈다. 계약한 순간 둘에게 생긴 인연의 끈이기도 했고, 미워하는 와중에도 인간을 떠나지 못하는 수보리의 정이기도 했다. 끝내 주머니 속에 자신에게 줄 것을 담아 온 인간이 갸륵하여 그는 여태껏 부단히 살피고 있었노라 고백하지 않았다.

"어찌하여 하지 않던 짓을 하였나."

둘의 거리가 좁혀지자 시야 밖의 사람들은 모두 먼 곳으로 사라졌다. 매일 걷던 길거리가 낯선 고요에 젖어가는 모습이 시린은 싫지 않았다.

오른손 위에 회수해 온 치아 하나를 올렸다.

"너무 큰 대가를 치르지 않으려고요."

그녀는 따지지 않았다. 수보리가 해줄 수 있는 일이 많음을 알고 있었지만 좋은 치아의 대가로 받아야 할 것을 청구하지 않았다. 그저 스스로 저지른 배덕한 일들을 상기했다. 이제 더 나쁜 일이 생길지 모르며 영영 후회할 결과를 얻을지도 몰랐다. 쿵쿵 뛰는 맥박을 한껏 느꼈다. 제 손으로 타인의 삶에 끝내 개입하겠다는 결단이 어린아이의 뒤집기처럼 무모하고도 건강한 추동을 이끌었다. 이 활력이란 곧 생의 감각. 그녀는 오랜만에 세상에 소속되었다.

웃음은 웃길 때 나와야 하지 않나. 아니면 기쁘거나 행복할 때 나오는 게 아닌가. 그러면 지금은 기쁘고 행복하고, 그래서 우스운 순간일까. 시린은 자신이 왜 웃는지 여전히 알 수 없었지만, 모른 채로 내버려 두어도 답답하지가 않았다.

수보리는 혼란을 이겨내고 첫 용기를 만끽하는 시린을 바라보았다. 염라가 사랑하라던 인간의 마음이란 곧 지금 그녀의 얼굴이 아닐까 하고 생각했다.

"오늘 밤은 어제보다 더 낭만적이에요. 그렇지 않나요?"

수보리가 고개를 뒤로 젖혀 먼 밤하늘을 올려다보았다. 어제와 변함없이 똑같은 하늘이었지만 아주 많은 것이 바뀐 세계였다.

○

취재진은 노트와 치아 통의 실체에 경악했다. 과잉 진료의 진상을 밝히고도 남을 증거였다. 시린은 악당에 맞서 싸운 영웅이 된 것만 같아 스스로가 자랑스러웠다. 평생 정의와는 담을 쌓고 지낸 주제에 인제 와서 정의로운 척을 한다고 슈퍼맨이 되는 건 아니겠지만 용감함에 도취하는 일이 외면하는 일보다는 훨씬 즐거웠다. 누군가 이것을 유치한 심취라 정의한다면, 이런 심취는 모두에게 권장해도 괜찮을 법했다.

하지만 어깨가 올라가면서도 안심은 일렀다. 결국 시린의 아버지가 그녀를 불러 앉혔다.

"나지성 선생님 만나고 왔다."

냉전을 끝내자는 인사는 예상 밖의 말로 시작됐다. 과장은 그가 발치한 환자 중에 시린의 아버지가 있다는 사실을 알게 됐다. 그에게는 상황을 타개할 방법이 있었고, 그 도구는 시린과 가장 가까운 곳에 존재했다.

"임플란트 할 수 있게 돈을 준다고 했어. 좋은 병원도 연계해준다더라."

"그 돈을 받았다고?"

"이가 없으니까 영 불편해서."

"아빠 미쳤어?"

부모일지라도 발로 걷어차버리고 싶은 이 느낌을 점잖게 정의하면 '복장이 터진다' 정도일까. 시린은 아주 오랜만에 분노다운 분노를 느꼈다. 기껏 용기 내

하지 않던 일을 해냈는데 응원을 하지는 못할망정 부친은 훼방을 놓았다. 고발자의 아버지가 피고발자에게 돈을 받았다는 사실이 알려지면 시린의 증언과 자료들은 설령 사실이라 해도 신뢰성을 의심받을 게 뻔했다.

과장의 간계가 훤히 보였다. 그 얄팍함에 부친이 놀아난 사실이 원통하여 양반다리로 앉아 있을 수가 없었다. 벌떡 일어났다.

"그 돈을 받으면 어떡해! 대체 얼만데?"

"500만 원. 자리에 앉아."

"500? 많이도 줬네. 아주 틀니까지 하지 그래? 돈 말고 사과를 받았어야지."

"앉아!"

부친의 고함에 깜짝 놀란 시린이 절로 무릎을 꿇었다. 아무리 화가 나도 부모의 명령에 몸은 유교적으로 반응했다.

"돈이 문제가 아니다. 용서해라."

"누굴?"

"나지성 선생님."

"억울하지도 않아? 그 사람은, 이것 봐, 자기만족

채우려고 사람들 이 뽑고 다니는 사이코라고."

시린이 증거 자료를 보여줬다. 부친은 수루룩 넘어가는 사진들을 보고도 표정을 바꾸지 않았다.

"너만 마음 바꾸면 병원에서 잘리지 않게 해준대."

지긋지긋한 전쟁의 끝에는 도돌이표가 있었다. 다음 페이지로 넘어갈까 싶으면, 또다시 처음으로 돌아오고야 말았다. 부친이 과장에게 큰소리 한번 내지 못하고 돈까지 받아 온 굴욕의 뿌리에는 결국 딸이 있었다.

"전생에 누가 종합병원에서 아빠를 죽였어? 왜 그렇게 집착하는 거야."

시린은 눈앞의 다 늙은 남자가 바보 천치처럼 보여 견딜 수가 없었다. 삼성전자, 네이버, 카카오도 아닌 직장이 뭐 그리 소중하다고 이토록 고집하는 걸까. 여태껏 자신이 취업 시장에서 너무 맥없이 픽픽 도태되어 이 모양 이 꼴이 된 걸까 싶기도 했다. 그렇다 치더라도 지금 부친이 보여주는 순응은 납득하기 어려웠다.

"종합병원이라서 오래 다니런 게 아니야."

"그러면 왜 그래?"

"내가 괜히 이빨만 뽑히지 않았더라면 네가 잘 다니던 직장에서 잘릴 일이 있었겠어? 내가 대신 사과할 테니 너는 더 나서지 마라."

피부 조각 하나하나마다 부글부글 끓었다. 그녀는 어이가 없고 허망하여 이마에 손을 얹었다. 꼴 보기 싫은 부친 대신 다른 것을 눈에 담았다. 창밖이 삭막하여 무엇을 봐도 속이 쾌청하질 않았다. 속 안의 활화산은 목젖을 두드리고 터뜨려달라 애원했다.

끓는 마음을 한 글자라도 말했다가는 그 목소리를 붙잡고 온갖 말이 줄줄이 소시지가 되어 줄을 이을 테니 입을 꾹 다물었다.

"시린아."

"……."

"요즘 도넛이 참 안 팔린다."

"……."

"너는 나처럼 살지 말아야지."

시린은 유일한 가족이자 인생의 반쪽인 부친을 도저히 이해할 수가 없었다.

오래전부터 그는 어려운 사람이었다. 이혼 후, 차라리 엄마가 데려가주어 살았다면 도란도란이 무엇인지 알았을까 싶던 순간들이 많았다. 집에 오면 별말 없이 TV만 보고, 반주를 걸친 다음 얼굴이 벌게져서 개를 끌어안고 잠들던 부친은 친해지려야 친해질 수가 없는 남자였다.

그래서 도넛이 좋았다. 없는 산의 호랑이처럼 멀게만 느껴지던 부친의 손으로도 동글동글한 덩어리가 만들어지는 게 퍽 마음에 들었다. 학교를 마치고 가게에 놀러 가면 부친은 질척한 반죽을 떼고 빚어 튀겼다. 노르스름한 도넛들에 반질한 시럽을 뿌리고 스프링클을 끼얹었다. 어른의 퍽퍽하고 매서운 손에서 달콤한 사랑이 익어가는 그 순간은 소심한 여자아이를, 입을 가리지 않고도 웃는 골목대장으로 변신시켰다. 그 남자는 딸이 언제 어디서나 즐겁게 살길 바랐다. 딸의 손목에 묻은 밀가루를 닦아주며 가끔 말했다. "고모들 말은 신경 쓰지 마, 공부 못해도 되고 여자답지 않아도 돼. 누가 널 괴롭히면 목젖을 딱 때려버려, 알겠지?" 시린이 웃으며 "우리 반 민식이도 때려도 돼?" 하고 물으면, 남자는 어리석은 질문을 하는 딸일지라도 질책하지 않고 너그러이 고개를 끄덕였다. "근데 민식이는 친구니까 살살 때려." 그 모습을 보고 있노라면 시린은 부친이 무섭지 않았다.

　도넛만큼 나를 사랑해, 어렴풋이 믿을 수가 있었다. 분명 과거에는 그랬다.

　"이렇게 사는 게 숨 막히도록 싫어."

　"왜 그렇게만 생각하니. 회사를 때려치우고 계속 달아난다고 인생이 재미있을 것 같아? 절대 안 그래. 나를 봐라! 안정적으로 살지 못하면 후회하게 돼!"

　"회사를 말하는 게 아니야."

　시린은 삶을 자꾸만 막아서려는 부친의 손을 가만 바라보았다. 오늘도 그리운 밀가루 바다에서 헤엄을 치고 왔을 남자의 살가죽은 이제 다 늙어 연민만 불러일으켰다. 분명 저 손으로 만드는 도넛들에는 애정이 담겨 있을 텐데, 왜 피붙이를 바라보는 입과 눈에는 없는 것처럼 느껴질까. 그렇다고 그가 자신에게 한 것처럼 엄정하게 굴고 싶지는 않았다. 우주는 시린의 아버지를 끝내 척박한 어른으로 튀겨버렸지만, 그 역시 한때는 딸애의 소풍 전날부터 도시락을 고민하던 자상한 반죽이었다.

　"나는 아빠처럼 사는 것도 나쁘지 않다고 생각해."

　부친은 말문이 막혀 괜히 창밖으로 시선을 틀어버

렸다.

"도넛도 좋고, 장사도 좋고, 매일 몇 개 파는지 조마조마하면서 사는 것도 괜찮아. 사는 게 녹록지 않아도 아빠는 도넛만큼은 애정으로 만들잖아. 내일이 보장되어 있다는 이유만으로 오늘 불행을 선택하는 것보다, 내일을 그냥 두려워하면서 행복해지는 게 좋아. 괴로워도 나는 나대로만 괴롭고 싶어. 아빠도 내일 손님이 온다는 이유만으로 도넛 대신 싫어하는 마카롱을 만들면서 살고 싶지는 않잖아. 아빠, 나도 마카롱이 아닌 도넛으로 살아보고 싶어."

부친은 대꾸하지 않았다. 할 말이 없는 건지, 할 말을 참는 건지는 분간되지 않았다. 시린은 여전히 바보 천치 같은 아버지에게 더 대들지 않았다. 다만 자신을 믿어달라고 부탁했다. 직장에서 1년도 버티지 못하고 늘 달아나는, 바보 천치 같은 딸이지만, 그 딸에게도 살아보고 싶은 인생이 있다고. 비록 그 인생이 무엇인지 명쾌히 설명도, 계획도 할 수 없지만 말이다.

그제야 부친이 땅을 기는 목소리로 답했다.

"다 컸구나."

○

과장은 오전 예약을 모두 취소하고 과장실 문을
잠갔다. 시린의 머리채를 잡기 위함이었다. 사유는 두
가지였다. 첫 번째, 이규태가 500만 원을 반송했다. 임
플란트 값을 빙자하여 시린의 입을 틀어막으라고 준
돈인데 거절했다. 그건 과장이 아닌, 명예로운 의료인
나지성의 뜻을 거절한 배은망덕한 일이었다.

한 개에 1500원인 저질 도넛이나 파는 주제에 용
납할 수 없었다. 그의 앞니를 모두 뽑아버리고 싶었기
에 딸인 시린의 머리라도 뜯어야만 했다. 폭행죄로 고
소하려면 고소해봐라, 네가 홍길동이라도 된 줄 아느
냐, 그런 말들을 하면서.

두 번째, 시린이 수납함을 열었다는 사실을 알았
다. 증거를 확보한 취재진이 고발 후속편을 만들면 더
욱 곤란해질 수밖에 없었다. 감히, 감히, 감히! 같은
말을 반복하며 분노하던 과장이 시린의 머리채를 잡
고 이리저리 흔들었다. 피식자를 궁지에 몬 금수는 적
의 목덜미를 물고 사정없이 흔들어 정신을 빼놓는다.
이때에는 눈앞에 뵈는 게 없을수록 치악력에 집중할

수 있어 좋다. 공격성을 표출하는 순간에 뵈는 게 없어지는 건 인간도 마찬가지였다.

"또 뭐라고 고발할 건데? 어? 어린 게 겁도 없이 뭐나 캐고 다니고. 그리고 갑질? 갑질은 시발! 그럼 내가 갑이지 을이냐? 어? 네가 을이고 내가 갑인데 뭐가 그리 아니꼬워서 따발따발 고자질을 해."

"아악, 놔요!"

"너 같으면 놓겠냐? 너도 어금니 하나 뜯겨볼래? 겨우 고발 좀 했다고 뭐에 취해 있나 봐? 하여튼 너같이 어린 것들은 허영만 가득해서는."

"진짜 미쳤어요?"

"오! 그거 좋아. 널 미친 애로 만들어서 거짓말을 하고 다닌 거라고 해야겠어. 네 이력서를 찾아보니 여태껏 다른 곳에서도 진득하게 있질 못하고 제 발로 도망 다닌 한심한 인생이더라? 네 수준에 맞는 스토리 하나 만들어줄게. 사람들이 내 말을 믿겠어, 네 말을 믿겠어? 찍소리도 못 하면서 살더니 갑자기 쥐약을 처먹었는지!"

"이…….."

과장이 포셉을 들고 시린의 입술 사이를 툭툭 쳤

다. 위협의 강도가 높아졌지만 시린은 더 이상 주눅들
지 않았다.

"이빨 변태 새끼가!"

제 입으로 스스럼없이 욕을 뱉어본 건 직장 생활
중 처음이었다. 고성을 내지르니 온몸에 피가 팽팽 도
는 것이 생전 쓴 적 없는 근육들에까지 찌릿한 전류
가 흘렀다. 분노하는 피식자는 더 이상 피식자가 아
니라 동등한 금수로 변한다. 머리채를 쥔 사람에게도
착하게 굴어야 할 필요가 있을까. 그녀는 이제 바보
가 아니었다. 지금 과장이 가진 것 중 하나를 때려 반
격해야 한다면 무엇을 때려야 할까. 그녀는 어린 시절
부친이 해준 말을 떠올렸다.

"또라이 자식."

"억!"

과장의 목젖을 향해 폴짝 뛰었다. 정수리로 힘껏
가격하자 과장은 질식감과 구역감을 느끼고는 뒤로
나자빠졌다.

"저놈이야! 내 이빨을 뽑으려 했던 놈!"

과장실 문이 활짝 열리더니 환자로 둔갑한 수보리
와 취재진이 밀물처럼 들이닥쳤다. 산발이 된 시린과

바닥에 널브러진 과장이 카메라에 담겼다. 수보리의 도술에 홀려 치과까지 행차한 병원장은 소란을 모두 보고서는 얼굴이 새빨개졌다. 가슴을 퍽퍽 쳐대는 그에게 과장이 자초지종을 설명하려 했지만, 그럴수록 취재진은 그의 행적을 일일이 읊으며 사실입니까, 사실입니까를 외쳐댔다. 병원장은 그 모든 말을 다 듣고는 뒷목까지 달아올라 뒤도 안 돌아보고 떠났다.

과장실 문 앞에는 열쇠를 들고 후련한 숨을 쉬는 태희가 있었다. 방관하지 않으려는 그녀의 눈 안에는 이제 반짝임이 있었다.

○

후속 방송분이 송출된 후 여론은 재판을 시작했다. 병원장의 은밀한 제안과 그 여파는 땅끝마을에 살고 있는 열한 살짜리 꼬마도 다 알 법한 공공연한 비리가 됐다. 과장은 면을 세우기 위해 병원장에게 끈덕지게 전화를 걸며 매달렸지만 병원장은 그를 보호하지 않았다.

물불 가리지 않는 진료 장사의 대가로 BMW7을

제안한 병원장은 당연 실리에 밝은 사람이었다. 이용 가치가 말소된 과장이 내쳐지는 건 합리적인 결과였다. 그 누구도 과장의 편을 들지 않았고, 오래 일했던 태희조차도 병원에서 쫓겨나는 과장에게 인사를 하지 않았다. 그를 반기는 건 피해 환자들이 연합하여 제출한 고소장뿐이었다.

시린이 제출한 자료 덕에 수많은 사람이 진실을 알게 됐다. 그 모든 순간에 그녀의 목소리가 담겨 있었다. 집에서 TV를 보며 그녀는 자이로드롭을 타는 듯이 스릴이 넘치는 승리감을 느꼈다.

"넌 이제 어떻게 되는 거야?"

부친이 솜이를 허벅지 위에 올린 채로 덤덤히 물었다. 그 역시 딸이 저지른 일을 보는 동안 심장이 콩닥거리고, 딸이 금수만도 못한 인간 밑에서 일했다는 사실에 뒤늦게 치가 떨리기도 했다. 용기에 힘을 보태주지 못했다는 점은 그의 오랜 부끄러움이 될 예정이었다.

"잘렸어."

"저놈 몰아내는 일에 공을 세웠는데 결국 잘렸다고?"

"사유는 진료 보안 유출이랑 업무 방해랑 조직 이미지 훼손이랑……."

"기어코 고소까지 한대?"

"아니. 아무것도 안 하는 대신 나가만 달래."

병원장은 시린도 구제하지 않았다. 선악을 떠나 당장의 매출 생각밖에 하지 않던 그에게 시린은 의인이 아니라 병원 운영에 재를 뿌린 극악무도한 반동분자일 뿐이었다.

다만 여론의 눈치를 살피느라 해고 외에는 아무런 제재를 가하지 않겠노라 약속했고 시린은 별말 없이 제 발로 치과를 나왔다. 태희는 그녀에게 실업 급여를 받는 방법과 노동부에 부당 해고 진정서를 넣는 방법 등을 친절히 알려주는 일로 인사를 대신했다.

"억울하지 않아?"

"따지고 보면 부당 해고니까 억울하긴 해."

"후회하지?"

시린은 태희에게서 받은 실업 급여 신청 매뉴얼을 살피며 차분히 답했다.

"누가 이 일을 후회하겠어."

앞으로의 일은 차차 생각해볼 계획이었다. 정의를

위해 한발 전진했다가 해고라는 절벽 아래로 떨어졌
음에도 마음은 이상하게 평온했다. 가고 싶지 않은 곳
에 더 가지 않아도 되고, 만나고 싶지 않은 사람을 더
만나지 않아도 된다는 사실은 무직 백수가 됐다는 고
통을 경감해주는 좋은 진통제였다.

"너 잘났다, 정말."

부친은 말끝에 한숨을 섞었지만 더 이상 딸을 나무
라지 않았다. 허벅지 위에 앉은 개는 꾸벅꾸벅 졸았고,
부친은 그 개를 잘 빚은 도넛 반죽 다루듯 쫀쫀히 어
루만졌다. 그는 리모컨을 쥐고 있음에도 채널을 돌리
지 않았다. MC가 마지막 멘트를 하고, 프로그램의 엔
딩 음악이 나오는 순간까지도 화면에 집중했다.

서로를 비난하지 않으려는 그 마음만으로도 둘은
이제 서로가 고마웠다.

○

며칠 뒤 저녁. 시린은 외투를 챙겨 입고 집 근처
공원으로 향했다. 수보리와 약속이 있었다. 이제 더
이상 병원에서 치아를 찾을 수 없으니 오늘의 만남은

곧 작별이 된다. 그녀는 치과에서 잘리는 일보다 특별한 인연을 떠나보낼 생각에 더 큰 적적함을 느꼈다.

시야 속 모든 사람이 사라지고 가로등 조명만이 선명해지는 순간, 수보리는 처음 만났을 때처럼 신비로운 도포를 입고서 그림자 위로 솟아났다.

"잘 지냈는가."

"아침마다 일찍 일어나지 않아도 되니 컨디션이 좋아요."

"그러면 앞으로도 잘 지내겠군."

"제가 준 치아로 염라의 어금니는 잘 만들었나요?"

"그 치아라면 거절당했다네."

수보리는 시린에게 받은 최고의 치아를 회견장에 들고 갔지만 아나율에게 채택받지 못했다. 그날은 나호라를 비롯해 16나한이 모두 우수한 뼈를 가져왔다. 그러나 아나율은 말했다. 염라의 잇몸에 심으려면 겉모습만 아름다워서는 적합하지 않다고. 우주를 다스리는 존자의 것이 되기 위해서는 보이지 않는 모습까지 모두 귀해야만 했다. 나한들이 가져온 것들은 형태가 우수했으나 뼈를 잃는 순간에 주인이 느낀 아프고 괴롭다는 원성이 잔뜩 깃들어 있어 귀하지 않았다.

"나는 치아를 계속 찾아야만 하고 그대는 더 이상 치아 근처에 갈 수가 없게 됐지. 연말까지 가호해달라던 직장도 이제 없지 않은가."

"그럼 우리 계약은……."

"여기서 끝이라네."

끝이라는 말은 삶이 유한한 존재들을 언제나 허무하게 만들었다. 시린은 수보리와 함께한 시간이 길지 않았음에도 목구멍이 썼다. 연인과의 이별, 친구와의 절연, 그 무엇도 되지 못하는 간단한 작별일 뿐인데 고개가 끄덕여지지 않았다. 수보리와의 계약 만료는 그녀가 겪은 근로 계약 만료보다 곱절은 더 섭섭했다.

못 본 사이에 수보리의 머리털은 나호라만큼이나 길어져 있었고 비단같이 나부꼈다. 그 한 가닥이 시린의 피부에 닿자 수보리는 그녀의 마음을 훤히 들여다보았다. 비록 최고의 치아를 찾아오진 못했지만 그는 우주의 축원을 줄 수 있는 만큼 나누어주었다.

"잘했다고는 해주세요. 저는 그쪽 때문에 평생 낼 용기를 다 냈으니까."

"쉽지 않았을 텐데 장하네."

"이제 비겁한 사람이 아니죠?"

"당연하지."

수보리가 그녀에게 새로운 직장을 선물해줄 수는 없었다. 다시 사회생활을 시작하고, 자리를 잡는 일은 오로지 그녀의 몫이었다. 대신에 마음이라도 편해지길 바라며 우주의 밝은 기운을 나리동으로 끌어모았다. 검은 하늘의 얼룩 같던 구름들이 모두 물러나고 달이 제 얼굴을 말갛게 씻었다.

"고맙다는 말을 하고 싶어요."

"나는 한 게 없다네."

"아니요. 저 다 알고 있어요. 만정 씨로 둔갑해서 저를 도운 일이랑 요전날 밤 태희 쌤이 퇴근하지 않게끔 회사 근처에 붙잡아두신 일도요. 전부 당신이 힘을 써준 거잖아요. 수상한 향기를 맡고서 눈치챘어요."

"아니라네. 내가 한 일이라고는 인간으로 둔갑하여 만남 자리에서 태희에게 가르침을 준 것 말고는 없다네."

"그럼 제가 겪은 일들은 다 누가 해줬단 거죠? 만정 씨는요?"

"우주에 그대를 돕는 누군가가 또 있나 보군."

"그럴 리가요."

"자네가 마음을 먹는다면 언제나 우주가 곁으로 온다네. 누가 어떻게 도와줄지 알 수 없을 뿐이지."

시린의 머릿속에 수많은 인연이 스쳐 지나갔다. 길에서 보았던 행인들. 치과에서 만났던 환자들. 이 우주에는 얼굴 없는 초인들이 얼마나 많은 걸까. 예고 없이 조우한 미지의 존재들이 늘 그녀를 비추고 있었다. 멀게만 느껴졌던 세상이 오래전부터 온몸을 꼼꼼히 감싸왔다는 자각에 시린의 마음이 부풀었다. 하늘에 뜬 무수한 별은 어떤 것도 그녀의 것이 되지 못하지만, 곁을 스치는 무수한 인연의 손이라면 잡을 수가 있었다.

그녀는 땅 위에 뜬 모든 것이 자신의 우주를 이루고 있음을 어렴풋이 알았다.

"그렇다면…… 제가 치아 하나를 더 줄게요."

"챙겨놓은 게 있는가?"

"제 오른쪽 하악에 매복 사랑니가 하나 있어요. 크기도 크고, 각도도 바른데 이걸 가져가세요. 깃든 마음도 중요하다면서요?"

시린이 입을 벌려 사랑니가 매복된 곳을 가리켰다. 아직 끄트머리조차 나오지 않은 치아였다. 그녀는 발치를 앞두고도 두려워하지 않았다. 한껏 보람된 얼굴로 웃어주었다.

"내 인생은 참 이상했어요. 내 생각만 해야 할 땐 남 눈치를 봤고, 정작 남 생각을 해야 할 땐 내 생각만 했어요. 지난날들은 이 사랑니랑 함께 다 가져가주세요. 당신은 나에게 우주의 귀인이니까."

달처럼 훤한 얼굴을 한 여자가 활대같이 입을 길게 벌렸다. 지난날의 비겁과 망설임을 말끔히 씻어 아주 먼 곳까지 흘려보내니 이제 그녀에게는 미련이 없었다. 그 모습은 사랑받아 마땅했다. 수보리는 우주가 인간에게 허락한 강한 의지와, 그 의지가 발현되는 찬란함을 목격했다. 신력을 이용해 아픔 없이 치아를 가져갔다. 숨겨놓기에 아까울 정도로 반듯한 사랑니였다.

그는 첨언 없이 고개만 끄덕이곤 먼 하늘의 빛이 되어 날아갔다.

○

회견의 날. 나한들은 무릎을 꿇고 고개를 숙였다. 둥그렇게 모인 제자들을 훑는 아나율의 시선 또한 큰

원을 그렸다.

"선한 마음까지 깃든 것을 찾았는가?"

근처에서 고개를 조아리던 나한들이 눈치를 보다 겨우 응답했다.

"찾지 못했사옵니다."

"왜지?"

"외관이 아름다운 치아나 뼈는 지천에 있으나 그 어디에도 귀한 마음이 깃든 것은 없었사옵니다. 죽은 자의 것에는 마음이 없고, 산 자의 것에는 그자가 뼈를 잃었을 때 느껴야 했던 고통밖에 없는데 어찌 귀한 마음이 깃들겠사옵니까?"

아나율은 꾸중하지는 않았지만 썩 만족하지 못하는 얼굴로 두 손을 소맷자락 속에 감추었다. 나한을 한 명씩 호명하여 뼈의 수집 여부를 물었다. 그때마다 나한들은 고개를 저었으나 수보리는 달랐다.

"제게는 있사옵니다."

아나율이 그가 건넨 사랑니를 받아 이마에 박힌 천안으로 면밀히 살폈다. 뽑혀 나가던 순간이 보였다. 수보리에게 보답하고 싶어 하는 시린의 선의가 치아 뿌리까지 촘촘히 박혀 보석처럼 빛났다. 아나율이 사랑니를 공중에 들어 크기와 외관을 확인했다. 이토록 반듯한 치아가 또 어디 있을까. 아나율은 염라에게 이식이 가능할 정도로 우수하다는 결과를 공표했고, 이에 나한들이 일제히 고개를 들어 사랑니와 수보리를 번갈아 보았다. 부러움과 아쉬움이 가득한 눈빛에 수보리는 조금 쑥스러워졌다.

마지막으로 호명될 나한은 한 명뿐이었다.

"나호라는 뼈를 찾았는가?"

"저는 찾지 못했사옵니다."

"그러면 수보리가 찾아온 것이 유일하고 최상이구나!"

아나율이 사랑니를 최종적으로 취하여 품 안에 보관했다. 남은 나한들은 경합이 끝난 것을 아쉬워하며 다음번에는 꼭 놓치지 않겠노라 저마다 혼잣말했다.

"회견은 끝났도다. 수보리와 나호라만 남고 모두 물러나도 좋다."

지시에 따라 나한들은 빛이 돼 각자가 있어야 할 곳으로 향했다. 특별 승진 시험이 끝났으니 평소대로 우주의 비둘기로 되돌아갈 운명이었다.

수보리는 마음에 불편하게 자리 잡은 지점을 복기

하며 아나율의 선언 뒤에 숨은 말을 기다렸다.

"나한 수보리, 수고 많았도다."

"감사합니다, 스승님."

"다만 최종 승진을 선언하기 전에 확인해야 할 것이 있어."

수보리가 공손히 두 손을 모았다.

"온전한 저의 힘만으로 얻지 못했음을 질책하시려는 거 다 압니다."

"다른 자의 도움이 있었다는 걸 인정하는가?"

"인정합니다."

"구체적으로 내게 설명하라."

수보리는 시린의 사랑니를 받았음에도 마냥 승진을 기대하지 못했다. 시린과 태희가 만났던 밤, 병원 근처에서 맡았던 아름다운 향은 자신의 것이 아니었다. 자존심이 상하기도 했고, 가장 중요한 승진에서까지 경쟁자에게 농락당했다는 생각이 들어 분했다. 한편으로는 어째서 경쟁에 임하지 않고 자신을 도와줬는지 이해하기 어렵기도 했다.

복잡한 마음으로 나호라의 코앞까지 다가갔다.

"이자가 저를 도왔습니다. 저와 계약한 인간이 앞

길을 잘 나아가게끔 신력을 사용했고, 그 결과로 인간이 용기를 얻어 치아를 제게 주는 고결한 마음까지 품었습니다. 계약자인 저보다 더 중요한 일을 해낸 건 나호라입니다."

　　나호라는 수보리의 칭찬이 싫지 않은 듯이 어깨를 으쓱거리며 재기 발랄한 표정을 지었다. 아나율은 사실대로 이실직고하는 수보리와 그 앞에서 즐거워하는 나호라를 천안으로 응수했다.

　　"그렇다면 결국 승진은 누구의 몫인가? 수보리는 대답하여라."

　　"……."

　　"누구의 몫이냐 물었다."

　　"나호라의 몫입니다…… 아마도요……."

　　"기쁜 마음으로 축원하는가?"

　　"아뇨!"

　　"하고 싶은 말을 하라. 내가 천안으로 보고 있으니 거짓을 말하면 엄벌에 처하리라."

　　수보리는 결국 승진이 물 건너갔음을 자각했다. 맥이 쭉 빠졌다. 최상의 치아를 찾는 경쟁이니 잘 찾는 일이 능사일 줄 알았는데 이런 방법으로 나호라에

게 패배할 줄은 꿈에도 알지 못했다. 이것도 간계라면
간계였다.

참지 못하고 나호라의 팔뚝을 콱 잡아 흔들었다.

"자네는 왜 자꾸 나를 방해하는 것인가? 차라리
정정당당하게 경쟁을 하지 그랬어. 도와주는 척 공을
세우다니. 비겁한 것."

나호라의 녹빛 머리털이 출렁출렁 흔들렸다. 계속
해서 실없이 웃는 낯에 수보리는 약이 바짝 올랐다.

"내가 한 모든 개입은 오로지 그대를 돕고 파트너
도 돕기 위함이었다네."

"거짓말 말게! 결국 간계로 승진하기 위함이 아닌
가?"

"아니라네. 스승님, 원래대로 수보리를 승진시키
십시오. 저는 이자의 승진을 뺏고 싶지 않습니다."

아나율이 천안으로 바라본바 나호라의 말은 한 점
가식 없는 진실이었다. 이에 수보리가 영문을 알지 못
하고 의아해하며 붙든 팔을 놓았다. 어찌나 세게 쥐었
던지 나호라의 팔뚝에 불긋한 자국이 남았다.

"나호라, 도통 자네의 꿍꿍이를 알 수가 없다네!"

"알 수 없겠지. 꿍꿍이는 처음부터 없었으니까."

"대체 왜 나를 도왔단 말인가?"

"누군가 마음을 먹으면 온 우주는 나서서 도와줘야 하지. 자네도 인간에게 그리 말하지 않았는가?"

"승진 따위에 관심이 없었단 말인가?"

나호라의 흔들리던 머리털이 제자리로 얌전히 돌아왔다. 자태는 한결 더 고결해 보였고, 아름다운 연꽃 향이 널리 퍼져 회견장을 가득 채웠다.

"승진은 내게도 중요하지. 그러나 나는 벗이 기뻐하는 얼굴을 더 보고 싶었네. 빛의 직계 자손이라는 이유로 모두가 나를 어렵게 대할 때 오직 자네만이 고집하였지. 우리는 다 똑같은 나한이니 내 콧대를 꺾어주겠노라고. 동등을 말하며 다가온 건 자네뿐이라 내게 자네는 특별한 인연이라네."

"지금 농담하는 겐가?"

"농담이 아니라네. 스승님들이 알려주지 않았나. 모든 것은 '불이'이니 무엇도 다르지 않다. 자네가 곁에 있기에 내 신분이 아무리 귀하여도 모든 생명체와 동등한 존재임을 잊지 않을 수 있었다네. 그대는 내게 깨달음이야."

"내가 자네보다 먼저 10대 제자가 되어도?"

"그리되면 벗을 아끼는 마음에 존경까지 담을 수 있으니 더욱 좋지 않은가."

나호라는 맞아도 아픈 줄 모르는 바보처럼, 혹은 아무리 맞아도 아픈 티를 내지 않으려는 선인처럼 수보리를 향해 아낌으로 부푼 뺨을 보였다. 따뜻한 숨에서는 늘 그랬듯 청아한 향이 났다. 그 미련함이 수보리를 일깨웠다. 그는 이제야 나호라가 여태껏 했던 말이 농이 아니라 진심임을 알아차렸다. 자신보다 한 뼘 더 잘난 존재였기에 늘 이겨야만 한다고 생각했으나 나호라가 뻗고 있던 것은 먼저 나아갈 발이 아닌, 함께 잡고자 하는 손이었음이 뒤늦게 보였다.

지금도 나호라는 수보리에게 손을 내밀었고, 수보리는 처음으로 그 손을 잡아보았다. 정진하는 마음으로 상대를 아꼈던 나호라의 진심이 물방울처럼 살결 속에 흡수되어 번져갔다.

"벗이여. 그대를 보고 나는 내가 되고, 그대 또한 나를 보아서 그대가 된다네. 이 세상에 불변하는 것은 없고, 오직 변화무쌍한 그대만이 나를 이루지. 그러니 어찌 그대에게 몰입하지 않을 수 있겠는가?"

아나율이 매우 흡족한 듯 웃었다.

"나호라, 네가 말한 것이 곧 무아(無我)이니 너는 무아지경에 올랐도다!"

그가 호쾌한 목소리로 팔을 높게 치켜들어 최종 선언했다.

"우주가 우주를 돕는 건 지극히 당연한 일이다. 그러니 도움을 받았다고 하여서 수보리의 공이 사라지지는 않는다. 수보리는 이 경합에서 우승했으니 10대 제자로 승진하여라."

수보리는 뜻밖의 결과에 벅찬 마음을 이기지 못하고 바닥에 납작 엎드려 절을 올렸다.

"또한 기억하라. 나는 분명 말하였다. 가장 중요한 과업은 따로 있다고."

고개를 슬쩍 든 수보리가 아나율의 천안을 바라보며 회상했다. 첫 회견이 열렸던 날 스승이 철없던 자신에게 했던 말을.

"승리보다 벗의 기쁨을 소중히 여긴 나호라도 차기 제자 1순위 후보로 임명한다. 자리가 나는 즉시 다음 승진자가 될 것이니라."

나호라 또한 바닥에 납작 엎드려 함께 절을 올렸다. 아나율은 두 제자의 머리에 손을 올리고는 숭고한 존자들에게 걸맞은 크나큰 축복과 능력을 하사했다.

수보리가 쭈뼛거리며 나호라를 향해 몸을 돌렸다.

"고맙네……."

"여전히 내게 등만 보이며 살고 싶은가?"

"그 말은 취소하겠네……."

"됐네. 등만 보인다 해도 방향이 같으면 함께 걷는 것 아니겠는가?"

"내가 밥 살 테니 그만하시게……."

"밥은 됐고 달달한 거나 사주시게."

둘은 함께 빛으로 몸을 바꾸어 회견장 밖으로 날아갔다. 단지 나호라는 한 가지를 첨언했다. 자신이 준 도움은 태희가 시린을 만날 수 있게끔 퇴근 후 집으로 돌아가지 못하도록 묶어둔 일이 전부인데, 오만정이라는 작자는 누구인지 모르겠다고.

o

손가락으로 헤아리지 못할 시간이 지났다. 10대 제자 중 막내가 된 수보리는 사이가 좋지 않은 아난과 마하가섭을 이끌고 인계로 내려왔다.

"이자와 출장이라니! 끔찍하구나."

"신참의 부탁이 아니었다면 어림없을 일정이로다."

둘은 짧은 출장길에서도 서로를 잡아먹지 못해 안달이었다. 수보리는 스승임에도 체통을 지키지 못한 채 도포를 펄럭이는 둘이 성가셨으나 존엄한 사리불의 부탁이므로 어쩔 수 없이 동행해야만 했다. 수보리가 10대 제자로서 수행할 첫 번째 임무는 바로 아난과 마하가섭의 관계를 개선하는 일인데, 도통 왜 이일을 자신에게 시키는지 알지 못했다. 사리불은 다만, 받은 대로 행하라는 조언만 남길 뿐이었다.

목적지가 있다며 말없이 어디론가 향하는 수보리의 발걸음이 빨랐다. 두 발로 걷는 일이 오랜만이었던 두 선배가 너른 손바닥으로 땀을 훔쳤다.

"신참, 우리를 어디로 데려가는 겐가?"

수보리가 주변을 살피더니 이내 멈췄다. 가리킨 곳에는 몇 주 전 리모델링을 마친 베이커리가 있었다. 달콤한 냄새에 이끌려 셋은 일렬로 줄을 선 다음 유리문을 열었다. 더 이상 노인의 행색이 필요 없는 수보리의 영롱한 눈은 이른 아침의 햇살에도 굴하지 않았다.

진열장에 도넛과 마카롱을 한창 정리 중이던 시린이 첫 손님을 향해 허리를 꾸벅였다.

수보리가 쟁반에 디저트를 이것저것 담았다. 아난과 마하가섭 또한 알록달록한 디저트를 보자 흥분하여 돈 생각은 하지 않고 탑을 쌓았다. 수보리가 그들의 것을 모두 들고 계산대로 향했다.

시린은 오늘의 마수걸이가 대박이라는 점에 즐거이 계산을 시작했지만, 마카롱의 종류별 금액을 자꾸만 잊어버려 우왕좌왕했다.

"천천히 하셔도 돼요."

그 와중에 아난과 마하가섭은 금일 한정 레몬 마카롱을 두고 누가 가져갈 것인지 티격태격 다투었다.

시린은 계산에 집중해야 한다는 걸 알면서도 수보리의 옆모습을 힐끔거렸다. 한참 잊고 살다 길에서 우연히 마주한 초등학교 동창에게서 긴가민가함을 느끼는 것처럼 눈을 떼기 어려웠다. 의아해하다가도 아무렴 오늘은 운이 좋은 날이란 감상만 곱씹으며 분주히 포장했다.

그런 시린을 수보리가 온화하게 주시했다.

"오픈한 지 얼마 안 됐나 봐요?"

　시린은 손이 느린 점에 대한 질책인 줄 알고 허둥거렸다.

　"제가 치위생사로 일하다가 가게를 물려받은 지 얼마 안 돼서요. 죄송해요."

　"적성에는 맞으세요?"

　"뭐…… 좀 더 해봐야 알겠지만 마음은 편해요. 제가 만든 걸로 돈을 벌어서 아빠 임플란트도 해줬고."

　그 말에 수보리가 뿌듯한 얼굴로 기지개를 켜며 온몸을 펼쳤다. 시린은 어째서 그가 낯설지 않은지 곰곰이 생각하려 했지만 전혀 단서가 떠오르지 않았다.

　드디어 포장을 마친 그녀가 수보리의 카드를 받아 들었다. 푸르스름한 빛이 나는 그 카드는 처음 보는 디자인에다 카드사 로고도 없어 미심쩍었으나 리더기에 막힘없이 읽혔다. 마치 언젠가 비슷한 빛을 본 적이 있는 듯 심상이 일렁였으나 뿌리를 좇기 위해 파고들수록 어떤 기억은 우주의 비밀을 감추고자 몸을 더욱 웅크려 제 모습을 지웠다.

　"저기, 사장님."

　시린이 포스기의 화면을 정리하다 수보리를 보았다. 그때 바깥 대로에서 과일 트럭이 큰 확성기로 홍

보 멘트를 외쳤다.

"당신도 저에겐 우주의 귀인입니다."

시린은 수보리의 말을 제대로 듣지 못해 고개를 갸웃거렸으나 디저트를 잔뜩 구매한 존자들은 곧바로 가게를 나섰다. 그들이 떠나자 가게에 상쾌한 연꽃 향기가 퍼졌다. 좋은 향수를 뿌리고 다니는 가족들이구나, 그리 생각하며 시린은 가게 구비품 목록에 디퓨저를 추가했다.

밖으로 나온 아난과 마하가섭이 입안에 마카롱을 집어넣었다. 한정판 레몬 마카롱을 손에 쥔 건 아난이었다. 마하가섭이 아쉬워했고, 둘은 우물거리며 말을 주고받았다.

"저 인간인 게지?"

"손과 마음이 아름다운 자와 계약을 했었군."

"좋은 파트너를 찾는 것도 복이지. 아암."

"신참, 저자의 이름이 무엇이라고 하였지?"

수보리가 둘을 위해 이름 석 자를 호명했다. 이시린. 염라를 대리하는 10대 제자의 기운을 타고 그 이름의 앞날에 밝은 축복이 흘러갔다. 천상에서 그들을 내려다보던 염라 역시 잇몸에서 잘 움트고 있는 시린의 한 부분을 인지하며 그녀의 이름 석 자를 되새김질했다. 가게에 있던 시린은 순간 온몸에 열이 오르고 감각이 생경해져 창문을 열어젖혔다. 높은 하늘 아래에 여름이 종종걸음으로 다가오는 중이었다.

복된 호명이 끝난 뒤 마하가섭이 물었다.

"그런데 신참은 왜 먹질 않아?"

수보리는 품 안의 것들을 끌어안고선 구경만 할 뿐 입에 넣지 않았다. 그럼에도 얼굴이 무척 행복해 보이자 마하가섭이 눈썹을 씰룩거렸다.

"그자에게 주려고 샀나 보군?"

"단것을 좋아한다기에……."

"신참은 아나율에게 고마워해야 함세."

"스승님에게요?"

"그래. 아나율이 둘의 관계 회복을 위해 어리숙한 인간으로 둔갑하여 너의 파트너를 도왔다는 걸 모르느냐? 사리불의 지시셨도다."

곁에 있던 아난이 거들었다.

"승진 시험과 별도로 온 우주가 자네들의 인연을 돕고 있었다는 걸 잊지 말아야 해. 이제는 자네가 10대 제자가 됐으니 이 우주를 굽어살펴야 함세. 받은 만큼 사랑하여 삼법인을 깨쳐야 한다는 뜻이로다."

수보리는 나호라에게서 받은 도움 밖의, 그보다 더 거대한 뜻으로 먼저 당도한 타자의 도움들을 헤아려보았다. 연쇄적으로 이어지는 인연과 선한 마음의 고리에는 과연 크고 깊은 뜻이 깃들어 있어 감히 따라잡을 수도, 영악하게 알아차려 밀어낼 수도 없었다.

한때는 그에게도 미움과 의심이 있었다. 그 어두운 것들을 도려내려 애를 써도 마음에는 구멍이 남아 결코 백지의 상태로 돌아가지 못했다. 그러나 새로운 싹은 틔울 수 있었다. 수보리는 구멍에서 자라난 새싹들을 실감했다. 딱 맞는 모양으로 이식한 치아처럼 곁의 살점들과 다정하게 엉겨 붙은 뿌리가 느껴졌다. 그것이 미래에 새 꽃을 피운다면, 사랑과 미움이 공존하는 세계란 끝내 아름다울 수밖에 없었다. 비록 언젠가 썩어 문드러진다 하여도, 사는 동안만큼은 온 우주가 살아 있는 존재들을 지키기 위해 뿌리들을 감싸고 있으니.

느껴지지도, 보이지도 않는 그 손가락 하나마다 복된 마음과 축복이 넘쳐흘렀다. 더는 번뇌에 사로잡힐 이유가 없었다. 사람이 있는 한 발을 땅에 딛고 있

어도 그곳이 곧 열반이니, 그는 신세계를 향해 밝게
웃으며 다짐했다.

"예. 온 마음을 다해 사랑하겠사옵니다."

작가의 말

사라지면 찾고 싶고, 없으면 보고 싶은 것이 사람 마음이다. 낭만에 갈급하여 오랫동안 찾아 헤맸던 과거엔 그럴싸한 이미지의 나열이 낭만이라 믿었다. 평범한 것들을 낭만으로 대우하면 왠지 나의 삶은 별 볼일이 없음을 인정하는 것 같아 자존심이 상했다. 멋지고 대단한 것, 자랑할 만한 걸 경험하고 싶었다. 책 속 표현을 빌리자면 나만 바라보고 사느라 내 젊음은 등이 굽어 높이 자라질 못했다.

드라마나 영화에서 보던 낭만을 억지로 좇은 뒤엔 입이 썼다. 기대하며 베어 문 쿠키에서 모래를 씹었을 때처럼 흥이 오를까 하면 미묘하게 식어버렸던 순간들. 어떤 낭만은 내게 오히려 상처가 됐다.

차라리 내게 달았던 순간들은 예컨대 이런 것들이었다. 학급에서 나를 괴롭히던 남자아이와 싸우고 집으로 갔더니, 꾸중하지 않고 잘했다며 칭찬해줬던 아

버지의 취기 오른 뺨. 내가 도착하기 한 시간 전부터
저녁을 차리시곤 먹지도 않고 나를 기다렸던 할머니
의 식은 밥. 늘 로또 당첨만이 살길이라며 비현실적인
꿈을 나누곤 했지만, 정작 로또는 사지도 않은 채로
편의점 테이블에서 시답잖은 이야기를 친구와 영원
처럼 나눴던 새벽 4시. 내일이 주말이니 알람을 맞추
지 않아도 된다며 행복해했던 동창들과의 잠자리. 삶
이 힘들 때마다 그리워지는 순간들에는 언제나 타인
이 있었다.

　이 세상이 행복해져야 하기 때문에 당신부터 행복
해져야 한다. 또한 당신이 행복해지려면 당신 옆 사람
도 행복해져야 한다. 오랜 지론이고 가급적 깨고 싶지
않다. 힘든 일에 처한 사람이 있으면 돕고, 위로해주
기를. 정의라든가 윤리라든가 어려운 관념을 몰라도
행동은 할 수 있으며 행동이 언제나 세상을 압도한다.
당신이 여기에 속해 있기에, 당신이 행복해져야 한다
는 단순한 이유로 타인의 행복 또한 구제받는다. 그렇
게 우리는 같은 세상에 산다. 결국 정치적으로 살아가
게 된다. 행복을 위하여.

《낭만 사랑니》또한 정치적인 마음으로 썼다. 우리가 좀 더 이타적으로 살기를. 서로의 행복과 자유를 수호하기를. 낭만이 도처에 깔려 있어 그런 단어를 생각조차 하지 않고 살아지기를. 갈급함 없이 먼 훗날 우연히 찾게 되어 내게도 있었노라 깨닫기를. 모르고 살다 불현듯 발견하는 사랑니처럼.

행복하셔라.

추신. 본 소설 속 10대 제자와 16나한은 원래 염라가 아닌 부처의 제자들이다. 소설적 각색이 적용됐음을 알린다. 하지만 아난과 마하가섭은 서로 사이가 좋지 않은 게 맞다. 또한 이 소설은 8년 차 치위생사 선생님의 조언을 받아 완성했다. 그분과 짤막한 마무리 영상을 만들었으니 양치하기 싫어질 때 봐주시기를.

낭만 사랑니

ⓒ 청예 2025

초판 1쇄 인쇄 2025년 2월 21일
초판 1쇄 발행 2025년 2월 28일

지은이 청예
펴낸이 이상훈
문학팀 최해경 박선우 박지호
마케팅 김한성 조재성 박신영 김애린 오민정

펴낸곳 (주)한겨레엔 www.hanibook.co.kr
등록 2006년 1월 4일 제313-2006-00003호
주소 서울시 마포구 창전로 70 (신수동) 화수목빌딩 5층
전화 02-6383-1602~3 **팩스** 02-6383-1610
대표메일 munhak@hanien.co.kr

ISBN 979-11-7213-220-0 (04810)
ISBN 979-11-7213-062-6 (세트)